フジコ

ブスが美人に憧れて人生が変わった話。

「美人は性格が悪い」って本当⁉

大和出版

はじめまして。ブスです。

世の中にはいろんなブスがおりますが……

こんにちは。このたびは拙著をお手に取っていただき、まことにありがとうございます。

昨今の世界的不況の折、こんな奇特な本にご興味を持っていただき、さらにお手に取ってページをめくってくださるなんて、あなた様は神なのかな。

読者様は神様です、なんて陳腐でセンスのない言い回しですが、私には神としか思えません。

神、感謝します。

そんなありがたい神の域のあなた様に、自己紹介申し上げます。

私はブスでした。そして、性格はもっとブスでした。


「ブス」とひと言で言っても、世の中いろんなタイプのブスがいますよね。

たとえば、容姿を自分のキャラクターにして明るく楽しく振る舞っちゃうブス。

いつも笑顔で楽しい気分にさせてくれるブス。

お笑い芸人さんなどに多い「陽のブス」です。

この本で「ブス」と指すのは、ありのままの自分を受け入れて明るく素直に生きている、そんなチャーミングな彼女たちのことではありません。


これからお話しする過去の私は「陰のブス」です。

身長１６０㎝、体重70キロオーバー。

オーバーというのは体重計が70キロをさした時点で体重計に乗るのをやめたからで

す。

おそらく最高体重は70キロ以上あったと思います。

体脂肪率は40％、つまり体の4割が脂肪。

立てば埃が舞い、座れば椅子が軋む、歩く姿は二足歩行の豚。

体型同様、日々の生活もとてもだらしのないものでした。

起床は家を出る15分前。

服は床から拾って着ます。

昨日と同じ服でも気にしません。

どうせ誰も私の服なんか気にしてないんで……。

ブラジャーは肩がこるし洗濯が面倒だから、運動をするわけでもないのにカップ付きのキャミソールです。

ムダ毛の処理が面倒なので、通勤着は毎日ズボン。

ウエストがゴムで伸び、ストレッチがきいているレギンスパンツが定番です。

20代の綺麗盛りだというのに、体型が隠れる黒白グレーのダボダボした垢抜けない服ばかり。

前夜にきちんと乾かさないせいで寝癖のついたボサボサの髪の毛は、コンビニで適当に買ったヘアゴムで結ぶだけ。

もちろんノーメイク……どころか、たまに歯を磨き忘れます。

どうせ誰とも話さないから大丈夫。

まさしく「ブスの輪廻」

ギリギリに家を出て、買ってから一度も磨いていない底のすり減った安物のパンプスで駅まで早歩き。

乗り換えの駅で朝食代わりのお菓子とペットボトルのジュースを買って、通勤中にムシャムシャ。

始業ベル直前に着席し、午前中はずっとお菓子片手に仕事。

昼休みのベルが鳴ったら、誰より早くコンビニに向かいます。

大きなカップ麺と菓子パンがランチの定番。

ついでに午後のお菓子も買って、誰とも目を合わせずに自席で黙々と昼食。

食べ終わったらスマホをいじって机に突っ伏して昼寝。

連れだってランチに行く、同じフロアのキラキラ女子たちを横目に、

「飯くらい一人で食えねぇのかよｗｗｗ」「うるせーなクソ虫」「虫が人語話すんじゃねぇ」「スイーツ脳」

と心の中で毒づきながらＳＮＳやスマホゲームで寂しさを紛らわす日々。

いつの間にか、ブランドバッグひとつ買えるくらいになったスマホゲームの課金額は見て見ぬふり。

職場での昼休み
自分の席で
スマホゲームをしながら
大きい菓子パンや
インスタント麺ばかり
食べていました

終業後、雑談で盛り上がるキラキラ女子を横目に早足で駅へと急ぎます。
雑談に入ってしまったら、夕方のアニメに間に合わないと考えながら。
でも本当は（心の中で）悪態をついていても、キラキラの輪に入りたい。
アニメだって録画しているんです。
だけど「仲間に入れて」と言える素直さも勇気も可愛げもありません。

帰宅中に「今日は〜超〜頑張ったから自分にご褒美！」と、ほぼ毎日コンビニスイーツやスナック菓子を買い込んで帰り、夕飯前でもペロリ。

夕飯後は夕飯後で、デザートは別腹と言いながらアイスに手を伸ばし、録画したアニメやネット配信を観ながらダラダラと夜更かし。
「もう洗濯も皿洗いも明日の朝でいいわ。面倒くさいし。だって今日疲れたし。やっぱり睡眠大事だし。体大事やからな」と、汚い部屋で汚れを落とさないまま床に服を脱ぎ散らかし就寝。

翌朝は当然早起きなどできるわけもなく、床から拾った服を。平日はこの繰り返し。

休日は昼過ぎに起きて夕方までダラダラとネットを徘徊。

「休みは休まなきゃ疲れがとれな〜い」と、家事にも手をつけない。

スマホ片手に横になり、大袋のお菓子をポリポリ。夕飯も面倒になって宅配ピザを注文。

ピザが来るまで空腹に勝てず、冷凍のから揚げをチン。

マヨネーズをつけて食べる。

超おいしい。

その後ピザも食べる。

昼に起きたので寝つけず夜更かしし、月曜日はまた家を出る15分前に眉間にシワを寄せながら起きる。

エリートだから見つけたもの

以前の私はこんな生活を送っていました。

外も中もすべてがひねくれて、荒んで、こじらせきった、まさにブスのお手本です。

そんなエリートブスの私が、どうやって「ブスの輪廻」から抜け出すことができたのか。

どうして「もうブスでいるのは嫌だ」と思うようになったのか。

元ブスの話が、この本をお手に取ってくださった神様のお役に立てれば幸いです。

かしこみ、かしこみ。

フジコ

Contents

ブスが美人に憧れて人生が変わった話。

4th Stage

美人との「出会い」で受けた衝撃

7th Stage この瞬間、人生まで好転し出す

8th Stage

ブスと美人は誰の中にも存在する

イラスト　フジコ

1st Stage

美人「氏ねｗｗｗ」と思う日々

1 ブス、美人が憎い

なんでわざわざ隣に来るかな

改めまして皆様。美人は憎いですか？

自分より綺麗な人、妬ましくありませんか？

想像してください。

あなたが道を歩いていると、後ろからハイヒールの音がしてきました。

綺麗に手入れされた髪、輝く肌、生き生きとした瞳、最新流行の服をまとったスタイルの良い美人が良い香りを振りまきながら、背筋を伸ばして颯爽と、あなたを追い抜き歩いてゆきます。

「うわぁ～綺麗な人だなぁ～。素敵！」と思ったあなた様は、どうかそのまま美しいあなた様のままでいてください。

「うわあああ！　羨ましい！　妬ましい！　憎い！　惨め！　美人はどこにいても美人なんだから道の端歩け！　うわあああああん美人憎いよおおお」

と思ったあなた様、わかります。

そのお気持ち、とてもよくわかります。大変素直で素晴らしいです。

ご賛同者がいると思って私も正直に申し上げます。

以前の私は、それはもう、とにかく美人が憎かった！

美人大嫌い！　もう、無理、ほんと、辛みしか感じない！　嫌い！

どのくらい美人を憎んでいたのかと言いますと、電車で隣に美人が座るだけで、

「なんでわざわざブスの隣に来るかな～。こいつ性格悪いわ～。クソだわ～クソ野郎

だわ～。私を引き立て役にしたいんだろ。絶対そうだろ。綺麗な顔して性格クソなんだろ。隣のブスと比べて、私はこんなに美人ですよ～ってアピールだろ。あれだろ、ネットの広告で子どもに蟹持たせて蟹を大きく見せるみたいな寸法だろ。あ～私のブスが目立つ～私の顔のでかさが目立つ～美人死ね。んああ百万回死ね。あ～私より綺麗な女はみんな地獄に落ちねぇかなぁ～！　なんで美人がブスの隣に座るかな～！　わけわかんねぇなぁ～！」

くらいの罵詈雑言が一瞬のうちに脳内で飛び交い、心の中で中指を立てる程度には美人を憎んでいました。

残ったお菓子は彼女の元に

どう考えても完全なる被害妄想ですね。

クソはお前だよって話ですよね。

でも、当時は本気でそう思っていたのです。

なぜそういう思考になったのかというお話は後にしましょう。

他にも美人憎しエピソードがたくさんあるので、先にそちらを聞いてください。

元ブス、恨みつらみの話の引き出しならば、たくさん持っています。


職場で差し入れの菓子折りをいただいたときの話です。

私が勤めていたのは、頻繁に来客のある部署でした。

なかには、手土産を持ってきてくださるお客様もいらっしゃいます。

そして、手土産の中身は菓子折りの場合がほとんどです。

食い意地丸出しお菓子ハンターの私は、お客様が持っている紙袋の店名や形状から瞬時に中身を推察し、それが菓子折りであると思うと普段のダラダラとした動きは封印。

どんなに他の仕事が押していても、お茶出しに席を立ちます。

お客様の菓子折りを預かり、確実に自分の分を確保しつつ部署内に配った後、さらに残りを自分のポッケにないないする大義名分を手に入れるためです。

その日、お客様がお持ちになったのは、私の大好きな北海道銘菓の紙袋。

目の端に紙袋を捉えるや、誰に言われずともお茶出しに立ち、首尾よく菓子折りを預かりました。

ワクワクしながら開封し、数を数えると、部署全員にひとり1個配っても、まだ残りそう。

やった、多くもらっちゃおう、と思いながら配っていたら、お菓子を見た美人が、

「ありがとうございます！　私、このお菓子大好きなんです」とニコニコ。


よおおおお、ほんと、おま、余計なこと言うなよおおお！　勘弁してよ！


「これ、とてもおいしいですよ！」じゃないよ知ってるんだよそんなこと！

だからわざわざ私が重い腰とでかい尻上げて配ってるんだろうが！


隣の男も会話に乗るんじゃねぇよ！　私がお菓子置いたとき無反応だったくせに、

菓子折りの
中身は
すぐにわかります

ちょっと、なに盛り上がってんだよ！……とは口が裂けても言えず、

「へぇ……そうなんすか……へへっ……」

と曖昧に会話から逃げ……。

その後、残ったお菓子は箱ごと笑顔の美人のところへ行きました。

なかには「甘い物制限しているから、僕のもどうぞ」なんて渡している人まで。

そのときの私の心境、わかっていただけますでしょうか。

とても文字に起こすには、はばかられるものがございます。

2 ブス、怖がる

あきらめることで心に防衛線を張る

先述の通り、私は見た目にはまったく頓着せず、いつもノーメイクのモサッとした格好で通勤していました。

楽で動きやすいのが一番。見た目は二の次です。

また、どこにいても、人との交流はできるだけ避けていました。

自分の内面に踏み込まれるのが怖く、皮肉屋でひねくれた性格を知られるのが嫌でした。

どうしても話さなければいけないときは、精一杯自分自身を取り繕うので、人と会った後にドッと疲れが押し寄せます。

ますます、人と会うのが嫌になります。

外見だけでマイナスなのに、私が中身までこんなつまらない人間だと知れたら、きっとみんな私を嫌いになる。

嫌いになったら意地悪をするに違いない……人と知り合う前から、自分はどうせ嫌われると決めつけ「どうせ私なんか」とあきらめておくことで、心に防衛線を張っておくのです。

いつのまにか、「でも・だって・どうせ」が口癖になっていました。

どうしようもないブスコンプレックスの塊です。

自分から積極的に話しかけたり、食事に誘ったり、コミュニケーションをとりにいくことなんて怖くてできません。

何か話しかけられても、「はぁ……そうすか……」「いいんじゃないですかね……」「はぁ……わかりました……」程度の返答だけ。

表情も常にムスッとしていたので、職場でそんな私に業務以外で声をかけてくる人はいなかったのですが、世の中どこにでも親切な人はいるものです。

「フジコさん、あんまりお化粧しないの？　もったいないよ」

「今さ、昔と違って安くて可愛いのもたくさんあるし。色つきのリップクリームとか手軽で使いやすいと思うんだけど」

「髪伸びたねぇ。ストレートなんだからアレンジしたらいいのに。あっ、ボブくらいに髪切ってみたら？　きっと似合う！」

お手洗いで会うたびに、こんなふうに話しかけてくれる先輩がいました。

器の中は「醜い」でいっぱい

字面だけですと、この人ちょっとうるさいな、余計なお世話かな、ノーメイクで職場に来るなって遠回しな嫌味のようです。

ですが、この先輩は私の母親くらいの年齢で、仕事ができるのにちっとも威張らず、忙しいときも常に笑顔で、誰にでも明るく気さくに振る舞う「みんなのお母さん」タイプの女性でした。

彼女の言葉には、嫌味なんてかけらもなく、いわば「あなたちゃんと食べてる？おいしいもの食べてね」「しっかりあったかくして寝なさいね。体冷やしちゃだめよ」と同等、ちょっと世話焼きなお母さんの善意の声掛けみたいなものなのです。

反抗期はとうに過ぎておりますし、ひねくれブスの心にもわずかな良心と倫理観、それから、この人にだけは絶対逆らっちゃいけない……と何かを察知する能力はありました。

「あ……あの、えっと、私、ちょっと肌弱くてぇ……ああ、そうっす敏感肌で、あの、化粧とかそういうの苦手なんでぇ……スイマセェン……」

「いや、その、すっごい不器用でぇ……」

「割とくせ毛で……短いの好きじゃないかもです……」

こうして私は毎度半端な嘘でその場を濁してきました。

一切の悪意がないとわかっている優しい言葉にも、うなずくことができない。

かといって「私はノーメイクが好きなんです。このスタイルでいきます！」と、自分に自信を持って主張をすることもできない。

何もかもが中途半端で、自分に自信がなく、善意の言葉に耳を傾ける素直さもない。

ブスにあるのは自分に言い訳するためのプライドと、妬み、嫉み、僻みでいっぱいの醜い器だけです。

その後、嘘をつき続けるのが嫌になり、私は人けの少ない他のフロアのお手洗いを使うようになりました。

好意すら上手に受け取れずに、自己嫌悪ばかりがたまっていきます。

3

ブス、イラつく

可愛い子犬に罪はないのに

ブスは毎日、こんな調子でイライラしていました。
美人を見てイライラ。鏡を見てイライラ。
人に何か言われると、全部イライラ。
ひねくれて、いじけているから、何もかも歪んで受け取ってしまいます。
しまいにはペットショップの可愛い子犬を見ても、
「子犬だって可愛い子は高く売れる……どうせ世の中可愛い子や美人が得するように

できているんだ……犬だって、可愛い子なら何十万もするのに、私を見てくれる人なんて誰もいない……っていうか、このワンちゃん私の給料より高いじゃん……。どうせ私は何の価値もないダメな人間なんだ……尻尾を振れるだけ、まだ犬のほうが可愛い……私はブスのクズ……ブスでデブだからみんなに認めてもらえない……」

と、勝手に落ち込み犬にさえ僻む始末。

さらに「可愛い～！」と子犬を見て素直に喜んでいる隣の美人を見て、

「おい、美人！　子犬を可愛いと思える自分が一番可愛いと思っているんだろ！　まったくお前たち美人は自分を可愛く見せることに余念がないな！　なんでもかんでも可愛い～可愛い～言いやがって。子犬を自分の可愛いの道具に使うな！」

と、心の中で吠え、さらにイライラ。

過去の自分ながら、心底どうしようもないネガティブのくせに承認欲求ばっかり強くて引っ叩きたくなってしまいますね！　本当、どうしようもないです。

可愛いワンちゃんを
見て おちこみ

可愛いワンちゃんを
見て 喜ぶ 美人を
見て さらに
イライラ します

毎日毎日、起きてから寝るまで常にイライラしていて、体中マイナスのエネルギーでいっぱいなので、心はいつも苦しかったです。

何もしても、反対に何もしていなくても、イライラからの空回りばかりで、自分は周りとうまく合わせることができない、生きるのが辛いとまで思っていました。

そして、その辛さを憎しみに変えて、美人の笑顔を（心の中で）殴ります。

すべては人のせいだった

なぜそこまでに美人が憎いのか？

そうしてしまえば楽だからです。

ブスは自身の不都合を人のせいにすることで「自分は何も悪くない」と安心感を得ます。

言い訳が自己嫌悪に
つながるなんて、
100も承知
それでもブスには極
上の一品

「でも・だって・どうせ」が口癖で、

「できない・やれない」と言い訳ばかり

「どうせ自分は何もできないブスだから……」

行き詰まっても言い訳続き
だって、私、悪くない！

美人が憎い。

だって私がブスに見えるのは、美人がいるせいだから。
私が太って見えるのも、スレンダーな美人がいるから。
私が毎日こんなに苦しんでいるのは、私がデブでブスで、人生何もかもうまくいかないのは、全部お前ら美人のせいだ！

世界中の美人が憎い！　憎い！　憎い！　美人はみんな、私より不幸になるべきだ！

自分の見た目と心の醜さを、こうやってすべて人のせいにすることで、なんとか心の平穏を保っていたのです。

2nd Stage

ブスはブスとしか集えない!?

1 ブス、発散する

田舎のブスが集う場所

美人を憎むことで、小さな心の平穏を保つものの、ブスは先述のように基本ずっとイライラしているので、何もしなければどんどん心に毒がたまります。
私が、プライドの高さと自己評価が釣り合わず、毎日ためにためたブス毒をどのようにして解消していたかお話ししましょう。

ずばり「悪口・愚痴・暴飲暴食」です。

はい、ブスー！　ブスはストレスの発散方法すらブス！　我ながら感心してしまうほどのエリートブスー！

これが都会の洗練されたおしゃれな美人だったら、ピラティスでストレスフルな毎日をリセットだとか、お友達と美術鑑賞日帰り旅行だとか、お家で素敵な映画を観てオーガニックな野菜を使ったお料理だとか、まあ想像で書いているので、よくわかりませんが大体そんな感じに休日を楽しむのでしょう。

憧れです。

田舎のブスは違います。

休日に集まる場所は、いつもファミレス、ファーストフード、ショッピングセンターのフードコートです。

都会に比べ選択肢が少ないのもありますが、そもそもの場所の選択基準が「おいしいもの」「好きなもの」ではなく「いかに安くすませるか」なんです。

フライドポテトやドリンクバーでダラダラと長居しながら盛り上がるのは、職場、家族、共通の知人、とにかくありとあらゆるものの悪口と愚痴。

ブスは優越感に浸れて、普段の鬱屈した感情をさらけ出せる悪口が大好きです。店内に偶然美人が居合わせたりしたら、格好の餌食です。

自分は正しいと信じていた

カップルで来ている幸せそうな美人なら、

「見てよ、あれ。何なのあの派手な化粧。はいはい、愛想笑い上手～。はいはい、愛され上手～（笑）。男のことしか考えてないって顔してる、ゆるふわクソビッチじゃん。もう、困り眉って世界一嫌い。困ってねぇじゃん。男に不自由してねぇじゃん。何に困ってんだよ。チーク濃すぎ熱でもあんのかよ」

と笑います。

美脚でおしゃれな年上の美人なら、

「うわっ、ババア無理すんなし。いやマジ無理め。あのスカート丈マジ無理めだから。ババアが誰に脚見せるの？ってかさ、あの時計さ、文字盤小さすぎね？　時計の意味なくね？　なんで意味ないものしてんの？　何考えて生きてんの？　マジ無理〜。ほんと、うけるわ〜」

と笑います。

他にも、自分のことは棚に上げて罵詈雑言のオンパレードです。

……引きました？　私も自分で書いていてドン引いています。

過去の自分ながら、ひどい。あまりにも醜い。

これでも本に掲載できる程度には、ふわっと、オブラートで優しく包み込んだ表現にしてあるんです。

ですが当時は、自分の行いと発言こそ正しいものだと信じて疑いませんでした。

悪口・愚痴・暴飲暴食
揚げ物・不幸は蜜の味

油、おいしい！
他人の不幸、もっとおいしい！

休日のフードコート、
ファストフード片手に

悪口大会

アイアム・ザ・キング・オブ・ブス!
上を見ると眩しさで惨めになっちゃうから、
下を向いて俯いていればひと安心★
ついでに顔も隠れて一石二鳥★
これぞブスの処世術

私はブスでした。
そして「性格はもっとブスでした」

この意味、おわかりいただけたかと思います。

2 ブス、お金を使う

なぜか給料は毎月カツカツ

ブスだって生きているので、ご飯だけじゃなく買い物も行きます。裸で生活するわけにはいかないので、服だって買いに行きます。

私はこれでも一応、定職に就いている社会人でしたので、学生さんや主婦さんに比べると、お洋服やメイクなどなど、身の回りの物に使えるお金は多少ある……と思うでしょう？

ないです。

全然、ないです。

平均的なお給料をもらっていながら、毎月カツカツです。

なぜか？

エンゲル係数が高いのもありますが、一番の理由は、二次元のハンサムたちに貢ぎまくっているからです。

私はいわゆる腐女子です。

「推し様」（応援している二次元のキャラクターのこと）のグッズが出るとあらば、絶対に使わないであろうデザインのグッズでも、使う予定が一切なくとも、「アニメの配給会社に推し様のグッズは売れないって思われたら嫌だから！」と値段も見ずに複数買い。

作中で推し様が使っていたのとそっくりなリップバームがあると知れば、普段は存在を消して通る百貨店のコスメカウンターにも足を踏み入れます。

イベントのたびに、新幹線や飛行機を使い遠征したり、特賞の複製原画欲しさにコンビニに置いている1個千円のクジをロットで買ったり。

映画の舞台挨拶のために、記録的大雪の中飛び出して東京まで行くも、帰りの飛行機が飛ばずに月曜に有給を使ったり、さらにその映画を映画館で何十回も観たり（もちろん後から初回特典グッズを入手するためにDVDとブルーレイも複数枚買います）と、給料の大半は自分の趣味につぎ込んでいました。

安さだけで物を見ているうちに……

話がそれましたね。

つまり私の給料は、第一に推し様に貢ぐためにあるので、その残りのお金でなんとか次の給料日まで生活していかなければいけないということです。

推し様の前の私は、金の詰まった物言わぬビニール袋なのです（何を言っているのかわからないと思いますが、私の二次元ハンサムにかける熱いパッションだけ感じていただけたらそれで充分です）。

なので、アニメグッズ以外の身の回りの物は、基本的に「安さ」を基準に選んでいました。

安いからこれでいいや。

微妙なデザインだけど、セールになっているからこっちを買おう。

本当はこっちが良いけど、安いほうでも使えるから大丈夫。

安さを基準に物を選ぶのは、一見節約家で良いように見えますが、実はとても恐ろしいことです。

私は、安さだけで物を見ているうちに、いつのまにか自分の「好きなもの」「欲しいもの」「ふさわしいもの」がわからなくなってしまいました。

アニメグッズに対してだってそうです。

「本当に欲しいのか」「自分の収入で買えるものなのか」と考えず、発売されたら、ただ闇雲に飛びつき、なんでもかんでもお金をつぎ込み購入していました。

自分のお金なのに、使い方がわからず、何を買うべきかすらの判断がつかない。感性がどんどん鈍り、動かなくなっていたのです。できあがったのは、年齢不相応の「物を見る目」がないアラサー女。

だから、通勤にも中学生が持つような、格安量販店で買ったレースとリボンのついたペラペラな合皮のショルダーバッグや、アニメキャラクターがプリントされた布製トートバッグを何も考えずに使っていました。

3 ブス、集まる

ちょっとしたホラー映画よりホラー

万事がこんな調子なので、当然ながら同じような価値観の人ばかりのコミュニティができます。

先ほども申し上げたように、口を開けば愚痴と悪口で盛り上がり、意地悪くひねくれていて、素直さの欠片もなく。

「でも、だって、どうせ」が口癖で、ショッピングセンターのフードコートでジャンクフードを暴食し、お買い物に行っても何を買ったらよいかわからず。

ネットではアニメグッズだけは手当たり次第に買いあさり、身なりを整えることを放棄し、上から下までちぐはぐな安物ばかりを身にまとった、女たちの集まりです。

ちょっとしたホラー映画よりホラーな集団ですね。

今、振り返れば、私は「会って楽しいから会う」のではなく、

「人の悪口を言いたいから」「愚痴をもらしたいから」「こんな自分を誰かに認めてほしいから」

など、負の感情を共有し、慰めの言葉が欲しいがために誰かと会っていました。

ダメでどうしようもない自分を認めてもらえることは、とても心地良く、また相手の自分によく似たところを見ては、

「良かった。この人だってそうだ。ダメなのは、自分だけじゃない」

と安心していました。

「なんであんな子が可愛いとか言われてちやほやされてんの？」「ちょっと痩せたからって勘違いして調子

乗ってんじゃない？」

はい、でた！　ひねくれブスー！
ブスが美人を恨んで辛んでいる間、
美人はもっと美人になる努力をしているのに、
ブスはそれには気づかない
ひねくれて妬んで妬んで落ちるブスの沼
いくらブスが沼から足を引っ張ろうと手を伸ばし
ても、
美人は華麗にスルーしますって

お互いがお互いの足を引っ張って

そして、お互いに心のどこかで、

「自分はこの子より、まだちょっとだけマシなんじゃないの？」

とも思っていました。

「私たち、今のままで良いんだよね？　無理して身なりに気を使ったり、将来のこと考えて体に良いことしたりなんて……そんなの、しなくていいよね？　面倒くさいもんね。努力とか向上心なんていらないよね。辛いこと、嫌なことからは上手に逃げよう。私たちは、社会の隅っこで小さく目立たなく慎ましく暮らせばいい。そうすれば傷つくことなんてないんだから。私たちは、今のままで十分、幸せに生きていけるよね？」


交わされる悪口や愚痴の裏には、こんな言葉が隠れていたように思います。

美人の悪口が
何より楽しい
すごく楽しい
ちょっと見てよアレ♡
ないわ～ないわ～
マジ無理～♡

実際、自分の愚痴を聞いてもらってスッキリし、相手の愚痴を聞いて、「不幸だなぁ～。私のほうがまだマシだわ。ああ、良かった。私は大丈夫。まだ、大丈夫」と安心していたのですから。

悲しいブススパイラルです。

沼の底でお互いを慰め合っている間に、美人はさらに美しくなろうと頑張っているのに。

ブスはこうやって集うことで、お互いがお互いの足を引っ張り、どんどん自分自身をダメにしてしまっていました。

3rd Stage

ブスのおいたち

1 ブス、黒歴史①

ねじ曲がる発端

ここで、どうして私がここまでこじらせたのか、少し過去を振り返りたいと思います。

中学生。

拙著をご覧くださっている方の中には、この三文字だけで、胸がギュッとなり、自身の真っ黒な歴史を思い出される方も多いのではないかと、推測いたします。

ご心配なく。私もお仲間です！

もう、真っ黒！　私の中学三年間、墨汁で塗りつぶしたくらいにドロドロ真っ黒の黒歴史です。

黒歴史という言葉の意味をご存じない幸せな方に、簡単に説明いたしますと。

黒歴史とは「思い出したら思わず赤面して床をのたうち回ってしまうような、多感な時期特有の勘違いが入り混じった恥ずかしい思い出」のこと。

わかりやすく、私の黒歴史をひとつご紹介いたしましょう。

中学生の私は、どこへ行くにも、安全ピンを体中に刺して十字架のネックレスでグルグル巻きにしたピンク色の小さなテディベアを抱えて歩いていました。

とてもわかりやすいですね！

ちなみに、テディベアの名前はメフィストフェレスベアちゃんです。

現代日本に蘇った、平和な生活を脅かす恐ろしい悪魔メフィストフェレス（当時、市立図書館で悪魔の名前を片っ端から調べました）をテディベアの中に閉じ込め、二度と封印が解けないように、安全ピンと十字架、そして巫女の生まれ変わりである私の聖なる力で抑え込んでいるという設定でした。

まったく何を考えていたのでしょう……どうしてドイツの悪魔に巫女の力で対抗しようとしていたのか……。

これが、黒歴史です。

見て見ぬふりができないのが子ども

先ほど「どこへ行くにも」と書きましたが、本当にどこへでも持ち抱えて歩いていました。もちろん、学校にも。

補足ですが、私が通っていた中学校は、お勉強や部活動には厳しいものの、校則のない自由な校風の学校でした。

中学時代の黒歴史

このテディベアの中には
悪魔メフィストフェレスが
封じられているので
私が常に持ち歩いて
おかないといけなくて…
本人は
とても
楽しいし
大マジメ

それゆえ、授業中に取り出して机の上で遊んだりしない限りは、登下校中や休み時間にメフィストフェレスベアちゃんを持って歩き回っていても、先生に叱られることはありませんでした。

今思えば、下手に刺激しないようにしていたのかもしれませんが……。

体重70キロ超、はち切れそうな制服の太ましい両腕に抱えた、安全ピンと十字架ネックレスが巻き付いたピンク色のテディベアに、お嬢様口調で何かをブツブツと話しかけながら、ノソノソノソと休み時間に廊下を徘徊する、銀縁眼鏡が頬の肉に埋もれそうな芋くさいおかっぱ頭の女子中学生……。

悪魔に取りつかれているのは、テディベアじゃなくてお前のほうだってツッコミを入れたくなりますよね……。

本人はいたって無害に、誰にも迷惑をかけず、ひとり自分の世界に浸って楽しんでいるつもりでした。

ですが、周りからはそうは見えなかったようです。

そして、残念ながら、大人のように変わったものを見て見ぬふりができないのが子どもです。

見た目も中身も標準から大きく外れた私は、当然のように、からかいやいじめの的となりました。

子どもって、無垢な分だけ残酷ですよね。

クラスの男子が私に一番はじめに付けたあだ名は「不思議の国のドラム缶」です。

素晴らしい語彙力だと思いませんか？

今なら、素直にその素晴らしいネーミングセンスに感心できるのですが、当時はたまったものじゃありません。

はじめは陰でおかしなあだ名を付けられて、コソコソと笑われていただけで、さほど気にしていませんでした。

そのうち聞こえるように「デブ、ブス、ドラム缶」と呼ばれたり、プリントを配るときに避けられたりと、だんだんとエスカレートしていきました。

もちろん、私もそれなりに反論や抵抗はしたものの、個人対集団では勝ち目がありません。

むしろ、自己防衛のため必死に敬語で言い返す様子がおもしろかったようで、反論すれば反論するほど、余計にいじめられるようになりました。

こういうことをするのは、ごく一部のおバカな男子で、クラス全員に意地悪をされてはいませんでしたが、だからといって、それを止めようとする子もいませんでした。

「あの子の味方をしても、良いことがない」

それが私を直接いじめてこない、クラスメイトの共通認識であったと思います。

2 ブス、黒歴史②

ヒーロー現れる

ところが、ある日突然、いじめはパタリと止みました。

こんな私を庇ってくれる子が出たのです。

成績優秀、所属運動部ではエース、明るく物をハッキリと言う、クラスで人気者の美人です。

彼女とは、幼稚園から通っていたバイオリン教室が一緒で、中学生になってからもたまに話すような仲でした。

その日も、どうしてそうなったのか、はじまりは忘れましたが、私はいつものように数人の男子にからかわれていました。

私も毎度のことなので、自分の席で無視をして本を読んでいたのですが、ひとりの男子が、その読んでいた本を取り上げようとしたのです。

それを見ていた美人が、私が怒るより早く、大股で近づいてきて、

「あのさ、いいかげんやめなよ。そういうの、マジでいらないし。自分おもしろいつもりかもしれないけど、寒いから」

と、男子を一蹴すると、騒がしかった昼休みの教室が水を打ったように静かになったのを覚えています。

突然、終息は訪れた

放課後、私は助けてくれた美人にお礼を言いに行きました。

「助けてくれて、ありがとう。もし、私のこと庇(かば)ったせいで、男子に何か言われちゃっ

たらごめん」

「男子の言うことなんか平気だからいいって。あいつらのやることとか、いちいち相手にするだけ損だよ。構ってほしいだけだから。でもさ、フジコちゃんも、ぬいぐるみとか学校に持ってくるから男子にいろいろ言われるんじゃない。学校じゃ目立つことしないほうがいいよ」

「えっ、私、目立っていた……？」

「気づいてなかったの!? めっちゃ目立っているってば。他のクラスとか、部活の先輩とかもフジコちゃんのこと知っているよ。なんで仲良いの〜って聞かれたことあるし……**あのさ、変な子って思われるし、嫌なほうに目立つから、不思議ちゃんっぽいことするのやめなよ。**前はそんなんじゃなかったじゃん。その、言いにくいけど、フジコちゃん、すごく太っているし、せめて中身は普通にしていたほうが良いと思う」

次の日から、私はテディベアを持ち歩くのはやめ、クラスの男子による、からかいの言葉もなくなりました。

できるなら、そっと生きていたいのに付いたあだ名は「不思議の国のドラム缶」

学年女子一の巨体を揺らし、テディベアを持って学校内を徘徊しながら

自分は目立っていないと思っていた
それはそうとこのあだ名考えた子、悪意の天才だ
と思いませんか
今頃どこかで文筆業についていたりしませんかね
……

今なら仲良くなれそうな気がする

おそらくこのときに、私はこれから自分が社会で、どう振る舞って生きていくかを決めたのだと思います。

できるだけ、目立たず、人と違ったことをせずに過ごしていこう。
自分の好きなことや楽しいと思うことより、周りと同じことをしよう。
できるだけ「変な子」だと思われないようにしよう。

そうすれば、嫌な思いをすることもないし、自分のせいで人の手を煩わせたり、心配や迷惑をかけることもないんだ。

ちなみに、現在のメフィストフェレスベアちゃんですが、安全ピンも十字架も外され、実家で可愛い3匹の猫たちの遊び相手となりながら、穏やかな時間を過ごしています。

いつかうっかり、悪魔の封印が解けないことを願うばかりです。

3 ブス、天然嫌い

スリーアウトで地雷

先ほどの黒歴史でも、少し触れましたように、私は子どもの頃から人見知りのうえに、いわゆる空気を読んで周りに合わせて行動するといったことが大変苦手で、集団生活にうまく馴染めない思春期を過ごしていました。

どれだけ頑張って周りに合わせた普通にしているつもりでも、いつも気づけば周囲から浮いてしまうのです。

「フジコちゃんって、ちょっと変わったところあるよね」

「天然入っているよね」

と言われ続けた10代でした。

特に、天然！

天然という言葉で、これまでに数え切れないほど呼ばれてきました。


ブス・デブ・天然って、スリーアウトで地雷ですよね。


もうね、天然ってね、何でしょうね。

私が天然なら、お前は人工かよ。人造人間かよ。キカイダーと18号のどっちで呼んでほしいんだ！って怒りたくなっちゃいます。


実は、大人になった現在でも「天然ですね」と言われることがたまにあります。

大丈夫です。うるせークリリン呼んでくるぞ、なんて言いません。

お相手も悪意を持って、こちらに向けた言葉ではないでしょうし、なかには褒め言葉的に使う方もいらっしゃるので、そういうときは、

「そうなんです。私、ちょっと変わっているみたいなんです。抜けているところも多

くて驚かせてしまうかもしれませんが、よろしくお願いします」と、**「私は、あなた様の思う普通の規格に収まる人間ではないかもしれないが、あなた様に害を及ぼす人間ではないし、ボーッとしているように見えて心配という意味ならば、自覚はあるから心配無用であるぞ」**という意を、何よりも先に笑顔で伝えるようにしています。

そうすれば、こちらも相手も嫌な思いをせずに、うまく付き合っていくことができるのです。

ありのままの自分と人から見られたい自分像

こうして、今でこそ自分を受け入れて、大抵のことは笑って、落ち着いて対応できるようになりました。

ですが、特に高校に入ったばかりの頃は、ありのままの自分と、人から見られたい自分像のギャップにずいぶん苦しんだ思いがあります。

高校生になった私は、中学の頃と違い、自分の容姿をハッキリと自覚していました。

自分は、ブス！

そして、デブ！

ランクで言ったら下の中！

ここで容姿をランク付けしたり、下の下だと言い切ったりしないところに、性格の悪さを感じますね！

とにかく、自分の見た目が良くないのはわかっていたので、せめて中身は「まともで普通な」人間だと思ってもらおうと必死でした。

そうしないと、中学時代のように、また意地悪をされてしまうかもしれません。

以前、助けてくれた美人は別の高校に進学していました。

新しい環境で友達もおらず、今度は助けてくれる子がいるかどうかもわからないのです。

マンガで読むような、トキメキがたくさんで華やかな青春なんて高望みはしない。
地味で目立たない代わりに、誰からもいじめられなければそれでいい。
ブスはブスなりに、身の丈に合った穏やかな学校生活を過ごしたい。
そのためには、絶対に、絶対に「天然・不思議ちゃん・変わった子」とだけは思われたらダメだ！

そこまで意気込んでいたのに、入学後すぐの自己紹介のとき、

「○○中学出身のフジコです。好きなものはオデンの糸こんにゃくです」

と言ったばかりに、またしても私は入学初日から、天然と呼ばれるようになってしまいました。

オデンの糸こんにゃく、普通においしいですよね……。

あだ名が
糸こんにゃくに
なりました

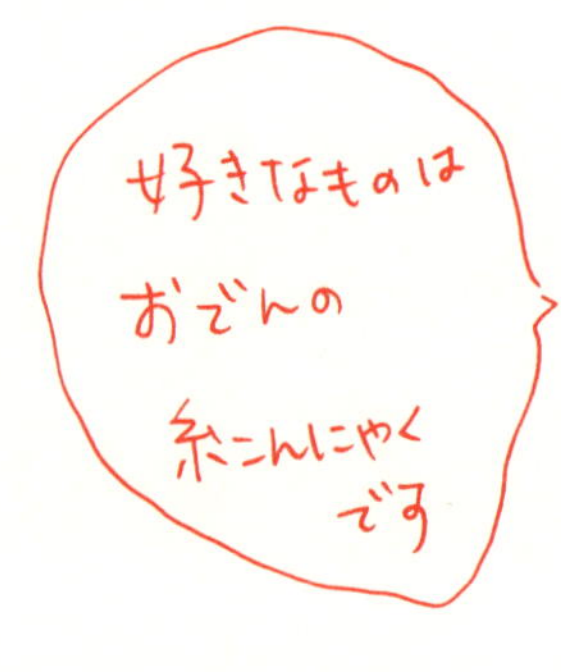

4 ブス、アメリカへ行く

道はふたつあるけれど……

予定していた、地味で無難な高校デビューに失敗し、私はすっかり高校生活への意欲を失くしていました。

ブスが学校での集団生活で意地悪をされず、うまく馴染んでいくには、大きく分けてふたつの道があります。

ひとつめは、地味で無害で普通を装い、同じような女子同士でグループつくり、そのなかで、できるだけ騒がず目立たず大人しくしていること。

ふたつめは、おもしろおかしい、ブスを逆手に取った、明るく元気なお笑いキャラでいること。

私が高校生活で望んでいた立ち位置は、当然前者。だって、お笑いなんて無理無理無理無理！人と話すの怖いし！

登校から下校までテンション上げっぱなしでウェイウェーイ高校生活たーのしー い！　なんて、体力も気力も持たない！　体格はどっしりだけど、体質は虚弱で貧弱なんです！

ですが、入学して数日。クラスの雰囲気から、私は自分に求められているものは後者なのではないかと感じはじめていました。完全に、糸こんにゃくのくだりでしくじりました。

周囲が天然でおもしろいキャラのブスを望んでいるならば、ブスはそれに答えなくてはいけません。

それができなければ、「えっ、思ったよりノリ悪くない……？」なんて言われて、すぐに仲間はずれです。

自らに課したキャラに悩む

案の定、元気なおブスキャラを演じはじめると、周囲の受けは良く、私はあっという間にクラスに馴染むことができました。

いじめられなくて良かったけど……なんでこんなおかしなキャラになっちゃったんだろう……毎日無理してテンション上げていくのしんどい……ほんと無理……休み時間、ダンスなんかしていないで、本当はお菓子食べてマンガ読んでいたい……できたら図書室とかにこもっていたい……そこでマンガの話ができたら最高だ……美人とか可愛い子だったら、こんな無理にキャラ作ったりしなくてもいいのに……クッソ、美人め……羨ましい……なんとかうまいこと、このキャラやめていく方向に持っていけないものか……笑いとりにいくんなら、もっとブスがいるだろ……だめだ、いないわ……クラスで一番ブスなの私だ……ああ～、こんなこと気づきたくなかった～！　もうこんなのやめたい！　でも、いじめられるのはもっと嫌だ！

入学してから数か月、まるで認知された既存キャラからの脱却をはかるピン芸人さんのように、自らに課したキャラに悩む日々……。

拙著をお取りくださった皆様の高校生活でも、こんな悩みがあったでしょうか……。

女子高生って、こんなのでしたっけ……？

そんな、もうすっかり、無理して学校に通うのが疲れてしまっていた私の目に、一枚のポスターが飛び込んできました。


「留学生募集」

……これだ！


日本の学校じゃうまくできなくても、海外の学校に行ったら、うまいことやっていけるかもしれない！

しかも、財団の主催で滞在費と学費は無料！

なんと、毎月返済不要の奨学金まで付与！

○○財団
留学生募集の
お知らせ
海外で
交流しよう!
○○○○
ニ!!
こ、これだー!!!
海外行っちゃえば
良いじゃんー!!!

自己負担は往復の飛行機代だけ！　行き先はアメリカ合衆国！

よくわからんが、かっこいい！

アメリカだったら高校まで義務教育だから、単位とか出席日数とか気にしなくていいのかもしれない（実際そんなことはありませんでした。小学生でも落第します）！

すごい、素敵すぎる！

アメリカの高校、行きたい！

思い立ったがすぐ、私は親にも相談せずにエントリーシートを勝手に取り寄せて書き、出願してしまいました。

受かってしまいました。

次に、面接の案内がきたので、これも親に相談せず勝手に受けました。

受かってしまいました。

最後に、スピーチの案内がきたので、同様に親に相談せず勝手に受けました。

……受かってしまいました。

こうしてブスは2年間、アメリカで暮らすことになったのです。

5 ブス、アメリカで暮らす

行先はニューヨーク？　ロス？　それともハワイ？

日本から3回飛行機を乗り継ぎ、空港から車で3時間。たどり着いたのは、アメリカ合衆国、ウィスコンシン州のとある小さな村でした。

村の人口は約千人。

銃の所持が許可されている国だとは思えないほど、長閑で穏やかな村です。

村の中心には大きな湖、そして湖のほとりを囲むように、ずらりと別荘やリゾートホテルが並び、夏にはたくさんの観光客が避暑に訪れます。周辺には美しい森が広がり、夏はジェットスキーやテニス、冬はスキーなど、1年を通してアウトドアスポーツに事欠かない、自然豊かな場所です。

日本で言えば、軽井沢のような場所をイメージしていただけるとわかりやすいと思います。

実は、私は好んで田舎の村に留学を希望したわけではありませんでした。財団から奨学金を受けての留学だったので、滞在先や通う学校は財団側から指定され、自分では選べなかったのです。

留学前、日本で滞在先の知らせを受けるまでの間、私は毎日、旅行ガイドブックや地図帳を眺めながら

「行き先、どの街に決まるかな〜。アメリカかぁ〜。知ってるとこだと、ニューヨークとかワシントンなんて賢そうでかっこいいんじゃない？　泳げないけど海があるところだと良いな〜。サンフランシスコとかロサンゼルスとか、西海岸も暖かくて良さそう。南ならマイアミ……あっ、もしかしたらハワイかも！　2年間ハワイとか最高だな！　スナハマ、スナハマ！」

アメリカ合衆国…
どこに行くんだろう…
ハワイとか
行きたい…
スナハマ
スナハマ…
社会
地図

なんて、すっかり大都市に行けるものだと思い、心を躍らせていました。

北海道の田舎育ちだったので、大きな街での暮らしにずっと憧れていたのです。

ですが、知らされた行き先は、ウィスコンシン州。

それも、州都から遠く離れた、村。

先ほどから、ウィスコンシンを連呼していますが、おそらく大半の方には馴染のない名前だと思います。

お手元のスマホでウィスコンシンと検索してみてください。

きっと、酪農と牛乳とチーズとアナグマのうち、どれかひとつが必ず出てくるはずです。

グーグル先生の機嫌が良ければ「大草原の小さな家」と、出てくるかもしれません。

そういう、場所です。

北海道じゃん！

大草原の小さな家も、北の国からも、そんなに変わらないよ！

ですが、人様のお金で勉強させてもらえる機会をいただきながら、北海道みたいな田舎は嫌だから、やっぱりアメリカ行きたくないです、なんて、態度に出すわけにはいきません。

いくら空気の読めないブスでも、そこはさすがに理解していました。

周囲には強がって「ウィスコンシンだって〜！　知らない場所に行くの、楽しみ！」と言い回っていましたが、内心は、アメリカはアメリカでも、とんでもない場所に行くことになってしまった……と、不安でずっとドキドキしていました。

気持ちとは真逆に、パスポートを取ったり、ビザを申請したり、予防接種を受けたり、出国前にすませなければならないことはたくさんあり、留学の準備はドンドンと進みます。

もう、今さら嫌ですとは言えない。

決まってしまったものは、腹をくくらなければ、どうしようもありません。

それに、仮にアメリカ行きをやめたとすれば、日本の高校で卒業までの2年間、元気な天然おブスキャラを演じ続けなければいけないのです。

辛い。

何もかもが、辛い。

ただただ、目立たず、騒がず、誰にも害をなさず、攻撃もされず、毒にも薬にもならない地味なブスらしいブスとして、平穏な高校生活を送りたかっただけなのに、何がどうしてこうなってしまったの……。

なぜ、私はこんなにも「普通」が下手くそなの……。

辛すぎる。それもこれも、全部、私がブスすぎるからだ……。

やだ、最高⁉

ところが、ウィスコンシンの村に着いてすぐ、私のグズグズな考えは吹っ飛ばされました。

ウィスコンシンの田舎と、自分が育った北海道の田舎は、一緒ではなかったのです。

冒頭で申し上げたように、この村はバカンスに人気の避暑地。

避暑地、そう、リゾートです。

住人の多くは、都会での仕事を終え、その後の人生を穏やかなリゾート地でゆっくりと過ごそうと移住してきた人たちでした。

言わばここは、お金持ちが集う、お金持ち村。

右を見ても左を見ても、スケールの違うお金持ちばかりです。

私のホストファミリーは財団関係者の60代のご夫婦で、お住まいはハリウッド映画に出てくるような豪邸でした。まず、敷地が広すぎて、家の門から家が見えません。家の門から玄関までを、車で移動します。

私には個室の他に、専用の暖炉付きリビング、ジャグジー、スチームサウナ、シャワールームとお手洗いがあてがわれました。

朝目覚めれば、窓の外にはリスが遊びに来る美しい芝生と湖。

サクサク快適インターネットと衛星放送で、日本のアニメも見放題。

やだ、最高！　ウィスコンシン、大好き！

田舎、大好き！

ごめんなさい、もう二度と悪口なんて言いません！

やだ
最高
じゃん…
扱いが
姫かよ…
ゴージャスなベッド…！
日本のアニメがはいる
大型TV…！
泡の出る
ジャグジー！
かわいい犬も
いるよ！

日本のお父さん、お母さん、ごめん。お家、帰りたくない！

編入した現地高校での学校生活は、もっと最高でした。

みんな私のことを、適度に放置しておいてくれるんです。

ここでは基本的に、人は人、自分は自分。


ブスでも、デブでも、地味でも、オタクでも、放っておいてもらえる！


話したくなかったら、誰とも話さなくていい。

話したくなったら、誰かに話しかければいい。

面倒臭くなったら、英語が聞き取れないふりをすればいい！

理想の高校生活は、アメリカにあったんだ！

ブスがブスのまま、生きていける国、アメリカ！

USA！　USA！　自由の国万歳！

こうして、ブスとして開き直ることを覚えた私は、2年間でさらに10キロ太り、語学力とブスに磨きをかけて帰国しました。

6 ブス、写真嫌い

集合写真しか残っていない

拙著を執筆するにあたり、過去の自分の容姿がどれだけのものだったか確認をするために、私は古い写真を探しました。

手元には、学生時代のものから、社会人になり旅行先で撮ったものまで、アルバム4冊分、百枚ほどの写真がありました。

ところが、アルバムをめくっても、めくっても、出てくるのは食事や風景の写真ばかり。自分の写真が、ほとんど残ってないのです。

実家に連絡し、古い写真を探してもらうようお願いしても、あるのは小学生くらいまでのものばかりで、中学に上がってからはクラスの集合写真程度のものしか残っていないとのこと……。

そうです、ブスは写真が大嫌いなのです。もう、美人の次に写真が嫌いと言っても過言ではないかもしれません。

今でこそ、写真で「可愛い」はつくれる時代になりました。スマホの加工アプリさんに、フォトショップさん！

写真にビューティーをプラスし、シミ・シワ・クマを一瞬で亡き者にしてくれる、頼れる素敵なお友達！

本当に便利ですね。いつもお世話になっています。もう、あなたたちなしではSNSに写真をアップできません。ありがとうございます。圧倒的感謝。一昔前、私がまだ学生だった頃、記念撮影と言えばインスタントカメラが主流でした。

あら、年齢がバレてしまう！

年齢は、ツイッターなどでもよくご質問いただくのですが、お答えは「そこそこ、ええ感じの歳」です。

卒業アルバム制作委員に救われる

ええと、写真のお話に戻りましょう。

そう、ブスは写真が大嫌いなんです！

写真は正直です。誤魔化しがききません。ブスがブスのまま、永遠にその姿を留めてしまうもの。それが写真です。なんと恐ろしい……。

私は、思春期に自分がブスであると自覚してからというもの、徹底的に写真を避けてきました。集合写真も、できるだけ後ろのほうで、周りの人の陰がわざと自分の顔に落ちるように計算すらしていました。

中学三年生のときは、写真嫌いがすぎるゆえに、卒業アルバム制作委員に立候補しました。

自分の写りの良い写真をアルバムに残したいがためでも、ましてや写真にひと言コメントを添えたいがためでもありません。

クラスのスナップ写真のページから、自分の写っている写真という写真をすべて抜き取り、自分という痕跡を消し去るためです！

学校というのは、なぜあんなにもたくさんの写真を残したがるのでしょうか……なかなか大変な作業でしたが、そのかいあって集合写真と、一枚を除き、卒業アルバムから自分の写真を排除することに成功したのです！

ヤッタ!!

放課後に居残ってまで、毎日せっせと写真を仕分けしたかいがありました。

排除できなかった一枚とは、生徒1人ひとりのバストアップ写真と、氏名が強制的に載る例のページです。卒業後に悪いことをしたら、全国ネットで使われてしまうやつです。

自分が写っているのは

排除

これればかりは仕方ありません。

できることは、すべてやりつくした……。

私は、達成感を胸に、できあがった卒業アルバムを開きました。

アルバムの、どのページを見ても、うっかり私の写真が入り込んでいることはありません。

計画通り！

排除できず、やむなく載せられてしまった一枚の、個別の写真も確認します。

出席番号順にきちんと載っています。

ですが、どことなく違和感が……。その違和感の正体に気がついたとき、私は本当に手が震え、その場でアルバムを落としました。

他の生徒はみんな、制服のブレザーの第一ボタンまでが写るよう、写真におさまっているのに、私だけ、第二ボタンまでが写っているのです。

地球の反対側まで逃げても、自分自身からは逃げられない
飛行機を3回乗り継いで、総移動30時間
16歳でトランクひとつ引っ張って、日付変更線またいで、
太平洋渡って、アメリカまで行っても、
結局私は私のまま、何ひとつ変わらなかった

変わったのは身の置き場だけ

10代の貴重な2年間に、アメリカまで逃げて私が望んだ生き方は、

「自分にも他人にも無関心、心を閉ざして生きること」

この選択こそ、並のブスがエリートブスに至る覇道のスタートライン

私の顔が大きすぎて、並べたときに他の生徒と比率が合わないために、写真屋さんが気を使ってくれていたのでした。

私以外誰も、このことに気がつきませんように……。

そう願いながら、アルバムを閉じました……。

4th Stage

美人との「出会い」で受けた衝撃

1 ブス、オフ会へ行く

相変わらずの日常の中で

ここまでいかがでしたか?

あまりにも私のブスっぷりに、心臓ギュッてなりませんでしたか。大丈夫ですか。

今からいよいよ、私の出会った美人の話にうつります。

気をしっかり保って、どうぞお付き合いください。

薄暗い中高生時代、それから大学、社会にと出て、すっかりブスとして開き直ることを覚えた私は、美人への憎しみを強めていきました。

ある日、私は、ツイッターで知り合った、同じアニメ好きな「腐女子」のオフ会に誘われ、参加することにしました。

職場での昼休み、私の居場所は相変わらず自席とスマホから見るツイッターだけでした。

自分の見た目のコンプレックスから、私は子どもの頃より口数の少ないたいそうな人見知りでしたが、ツイッターの中では不思議と自然に明るく元気に振る舞うことができました。

普段なら、休日に初対面の顔も年齢も知らない人と会うなんて、

「絶対に無理！　知らない人怖いし、そもそも何を話せばいいかわからないし……」

と、なるところですが、今回はアニメという共通の話題もあるし、ツイッターでは楽しく話せているし、何よりこんな私をオフ会に誘ってくれた人に会ってみたいと思ったのです。

集合場所は大阪の難波駅。自宅から電車で数十分の距離です。

私はいつも通りのノーメイク、寝癖のついた髪をひとつに束ねてゴムで結び、普段

ある日、ツイッターの
フォロワーさんたちと
オフ会をすることに
なりました

着のパーカーとデニムという格好で家を出ました。

「仕事以外で初対面の人と会うのなんて久しぶり……でも、まあ、言っても同じ腐女子の集まりだし。ツイッターでは話せているし……こんな私でも大丈夫だろう」

タカをくくって待ち合わせ場所に行くと、既にオフ会の主催者さんと思われる方が到着していました。


美人です。


それも、ちょっとその辺で見かけないほどの美人です。

決して高身長ではありませんが、スラッとしていて姿勢が良く、同じくらいの身長の私よりずっと脚が長く見えました。

足元は綺麗なピンヒール。

そして、お洋服も、カバンも、メイクもヘアスタイルも、洗練されていて、とてもおしゃれです。

たとえるなら、宝塚ジェンヌ風と言った感じでしょうか。


「えっ、ちょっと待って。ツイッターでは推しちゃんの膝の裏ペロペロなんて言って

いたあの人が……嘘！　どうしよう、こんな美人だったなんて聞いてない！」

こじらせブスの私は、美人を見て一気に怖気づき、逃げ出したい気持ちになりました。

でも、ここで何も言わずに約束を無視し、逃げ出すような無礼をしては、明日からツイッターの世界にすら居場所がなくなってしまいます。

間違っていたら、ダッシュで逃げよう。そう思って恐る恐る声をかけました。

「あのぉ……。スミマセン、A子さんですか……？」

存在感を消すしかない

私に気がついた美人の顔が、パッと明るくなりました。

ごみごみとした雑踏の中でそこだけ花が咲いたような笑顔です。

「こんにちは。フジコさんですよね？　いつもツイッターではありがとうございます～！　フジコさんの作品解釈、大好きなんですよ。お会いできるの、とっても楽しみ

美人が来ました
フジコさん？
はじめましてー♡

でした！　今日はいっぱい語りましょうね。よろしくお願いします！」

うわああああああん！！！　眩しいよおおお！！！

どうしよう、美人の笑顔だ……この笑顔の裏で、

「うわっ、なんか地味なブスがきたｗｗｗこの顔でフジコとか、ウケルｗｗｗ」とか、

「何こいつ、キョドりすぎｗｗｗマジキモイ無理ｗｗｗ」

とか、思ってるんじゃないかなぁ……そうだよなぁ、きっとそうだよな。

だってそうじゃなきゃ私なんかと会ってこんな嬉しそうな顔しないよなぁ……ああ、どうしよう、なんかめっちゃニコニコしてる……怖くなったらお腹痛いって言って帰ろうと思ってたのに、帰りにくくなってきた……でも無視されたり、意地悪なこと言われなくて良かった……。

なんて考えているうちに他のオフ会参加者も続々と集まってきました。

共通の趣味がアニメというだけの、姿の見えないインターネット上での知り合いなので、年齢も職業もファッションの系統もそれぞれ違いますが、みんなおしゃれなのに気取らない、いかにも今どきの女子！　という感じです。

主催者さんを筆頭に、みんな瞳がキラキラしています。

私みたいに、着古したパーカーに裾を折ったデニム、くたびれたキャンバススニーカーを履いて、汚れたトートバッグを持っている人なんか誰もいません。

趣味や休日の過ごし方を聞かれたら「カメラを持ってお散歩」「おしゃれなカフェめぐり」みたいな……。

みんな、とてもではないけれど、見た目からは、私と同じどっぷりオタクの腐女子だなんてまったく想像もつきません。

おかしい……腐女子のオフ会だと聞いてきたら、ブスの天敵、キラキラ美人のスウィーツな女子会だったんだ……美人たちにとっては、何を言っているのかわからないと思うが、私もどうしてここにいるかわからないんだ……。

とにかく存在感をできるだけ消して、華やかなおしゃれ人間の中で目立たないように息をひそめてやり過ごそう！

ブスの静かな戦いがはじまりました。

2 ブス、おしゃれカフェに入る

美人のうえに良い匂いもするなんて

それから、オフ会主催者さんの先導で、私たちはカフェに移動しました。

私ひとりではとても怖くて入れないおしゃれなカフェです。

入り口の時点で、おしゃれ人間以外お断り感がバシバシします。

私のような者が入ったら鼻で笑われ、席がスカスカなのに満席ですと言われて追い返されるんじゃないか。

この世にスタバより怖い店があったなんて。

もうダメです。


私のHPは0（ご存じの方も多いかと思いますがゲームの体力）です。

オフ会の参加者は私を含めて5名。店員さんに案内されたのは個室になっているソファー席でした。他の参加者さんにどうぞどうぞと促されるまま着席すると、ソファー席の真ん中になり、両脇・前を美人に囲まれました。

三方を美人に囲まれて、目が眩しいです。

しかも、良い匂いがします。一番奥の隅っこで黙っている作戦は既に失敗です。

私がフカフカのソファー席の真ん中なんてもったいない。

なんかもう、補助椅子みたいな、理科室にあるスチールの丸椅子みたいなもので十分なのに。緊張でだいぶ帰りたいことになっているのですが、そんなことはもちろん言えず、動揺を悟られないようにメニューを覗きます。


おしゃれカフェはメニューもおしゃれでした。

ただのホットコーヒーの写真にスペシャリティハウスブレンドなんて長い名前がついているし……っていうか、なんで日本なのにメニューが英語で書いてあるの？　ここは外国なの？　難波はいつから英語圏になったの？

よくわからないけどよくわからないまま、コーヒーの類なら間違いなく飲めるだろうと思い頼んでみたら、出てきたのはやっぱり普通のホットコーヒーでした。

苦すぎず酸っぱすぎず、普通においしいコーヒーです。同じ日本にいながら、初めて触れるおしゃれ文化にいちいち目が回りそうです。

とにかく、何か飲み食いしている間は話しかけられることもないだろうから、今この場で私は黙々とコーヒーを消費する貝になろう。

そう思いコーヒーに手をつけると、隣で何かの葉っぱが刺さった緑色のスムージーを飲んでいた美人がいきなり話しかけてきました。

「フジコさんは、Iくん推しでしたっけ？」

「はい、そうですけど……」

「私もなんですよ！　8話のIくん最高じゃなかったですか⁉　丸々1話Iくんのターンでしたよね。私8話でIくん沼に落ちたんですよ！　まさかIくんがBちゃんの先輩だったなんて妄想広がるしかないし、名言も出ましたよね。普段あんなに人見知りで大人しいIくんが、果敢に立ち向かって友達を庇ってあの顔本当にイケメン過ぎて、いや、Iくんは普段からイケメンが過ぎるんですけど、あのとき普通のイケメンからさらに高みに上ったっていうか……はあ……しんどい……Iくんの悲しい過去と成長が1話の中に見事におさまっていて……！　監督に感謝しかないし……最後に友達の背中を見送って……あの眼差しが……本当……すみません、何も言えない……はぁ……語彙力……8話良かったですよね」

「わ、わかります……8話、Iくん、良いです」

「フジコさんはどこのIくんが好きです？」

「DVD4巻の表紙とドラマCDの……」

「キター！　わかりますー！　正解、原画Iくん尊み溢れる！」

「尊いですよね、あの、良いです……すごく！」

いくら美人とはいえ、初対面の人にこんなふうに話しかけられたら、普通は驚いてしまうと思うのですが、このときの私の気持ちは、

「これ、ツイッターで話したことと同じだ！　良かった、ちゃんと話せる！」

でした。

えっ⁉　楽しい

後から知った話ですが、このとき話しかけてくれた美人（今ではなんでも話せる友人です）は、ツイッターでは饒舌な私が見ていて気の毒になるくらい緊張していたため、わざとオタク用語を使いグイグイ話しかけて、話のきっかけをつくろうとしてくれたのでした。

今さらながら、彼女の優しさに涙が出る想いです……。

私や主催者さんを含め、集まった5人はインターネットの外では全員が初対面だったのですが、好きなアニメや声優さん、アニメグッズやイベント情報などの話で大いに盛り上がりました。

美人たちは、話下手な私も自然に会話に参加できるように、質問や合いの手で上手に話を引き出してくれ、どんなに盛り上がってもお互いの話を途中で遮ったりすることはありませんでした。

「人と話すのが楽しい」そんなことを感じたのは、あの日が初めてだったかもしれません。

思えば私は、小さい頃から人見知りで人の目を見ることが怖く、先ほども申し上げたように、小学校・中学校はいじめられっこで、休み時間に遊ぶときもできるだけリーダー格の気の強い女の子の機嫌を損ねないような会話ばかりしていました。

高校は途中から海外で、自由に振る舞えるのを良いことに、自分の気が向いたときだけ必要最低限の会話をしていました。

大学に入ってから、社会人になってから、大人の社会は厳しく、私のような器量も要領も悪く、何の取り柄もない人間は、周囲から浮き気味で、会話には取り残されてばかりでした。

いつもどこかで、私はどうして普通の人と同じように、普通に楽しく振る舞えないのだろうかと集団に馴染めない自分を恥ずかしく感じていました。

美人たちは
話せば皆とても優しく
ユーモアにあふれ
知性に富み
そして何より
人を大切にする人
でした
私はとても
楽しい時間をすごし
ました

3 ブス、美人を観察する

膝の上にハンカチ

優しく話し上手な美人たちのはからいで、すっかり心落ち着きリラックスすることができた私は、ようやく周囲を見る余裕ができてきました。

この先、ビビリでダサい私の地味な人生で、こんなにおしゃれなお店に入る機会が二度とあるかわかりません。

コーヒーも少なくなったし、せっかくだから何かもう一杯くらい飲んでみようかなとメニューに手を伸ばしかけたところで、ふと隣の席の美人の膝が目に入りました。

正確には、膝の上のハンカチです。

短いスカートを履いた隣の美人は、綺麗にアイロンのかかったハンカチを膝にかけていました。

私には、その姿がとても優雅に見えました。

ハンカチというのは、本来こうして美しく使われるものだったのかと……前にいつ取り替えたかも思い出せない、通勤カバンの底でグシャグシャに丸まっているであろう自分のハンカチに申し訳なくなりました。

おお、ハンカチよ、お前だってこんな優しい美人に綺麗に使ってもらいたかっただろうに……。

話しているだけなのに……

反対の美人を見ると、スキニーパンツの彼女は膝頭をくっつけて、ハイヒールの脚を斜めにそろえて座っています。

スタイルの良い、引き締まった長い脚が、より強調されていました。

今までは美人を怖がっては避け、目に入れば憎悪の眼差しを向けていたので、このように美人というものをゆっくり眺めようなんて思ってもみませんでした。

向かいの美人ふたりを見ても、座る姿勢がとても綺麗です。

このテーブルには、普段の私のように、だらしなく机に肘をつきながら物を食べたり、脚を組みながら椅子の背もたれで仰け反ったりしている人はひとりもいません。

みんな自然体でリラックスしてお喋りしているだけなのに、その姿が洗練されていて、とても美しいのです。

それから数時間、オフ会の終わりまで、観察してみると美人たちにはいくつかの共通点がありました。

美人って…
みんな同じじゃないのに
なんとな〜く
どこか似てる…
ような気がする

4 ブス、共通点を見つける

外見のみが美しい⁉

こちらが、ブスがオフ会で出会った美人たちを時間いっぱいジロジロ観察して見つけた共通点です。

・美人はよく笑う

美人は喜怒哀楽の「喜」の表現がとても上手です。笑顔と笑い声で、つられて周りも笑って楽しくなってしまいます。

・美人はお礼をたくさん言う

美人は「すみません」より「ありがとうございます」をたくさん言います。言われたほうも「良いことができた」と嬉しくなってしまいます。

・美人は人の話をよく聞き、自分と意見が違っても、相手の意見を尊重する

美人は相手の話を丁寧に聞きます。たとえ、自分と意見が違う相手でも、それについて責めたり、自分の意見を相手に押しつけようとしたり、相手に意見を変えさせようと無理強いしたりすることはしません。理解はしなくても、相手の意見を尊重します。

・美人は楽しそうに話す

美人は自分や自分の好きなものの話をするとき、とても楽しそうに話します。楽しそうに話されると、自然と話題の物に興味を持つようになります。

・美人は明るく、ポジティブな言葉を使う

美人は丁寧なだけではなく、明るくポジティブな言葉を使って話します。そう言った言葉を使う人は、その人自身が明るくポジティブな印象になります。

・美人は人を裁かない

美人は、自分こそが絶対に正しいのだと思っていません。自分基準の「常識」や「正義」で軽々しく人を批判しません。

・美人は素直

美人は人を信じ、人に信じられます。自分に好意的な人を、むやみに疑ったり、訝しんだりすることはありません。困ったときは見栄を張らず、素直に人に助けを求めることができます。

・美人は人を褒める

美人はとにかく人を褒めます。オフ会でも、何も褒めるようなところがない私にさえ、爪の形が綺麗ですねと声をかけてくれました。やはり、人間褒められると嬉しく良い気分になるものです。

・美人は動作一つひとつが丁寧

美人は人や物を大事に扱います。対象がどんなに何気ない物でも、大事に、丁寧に扱う姿はとても美しいです。

・美人は目がキラキラと輝いている

美人は生気に満ちています。毎日を楽しみ、自分の心を潤すものを知っています。大好きなことをして、ニッコリと笑うと、自然と目がキラキラします。

・美人は自分に手間をかけている

美人は自分をとても大切にします。自分を大切にする努力を惜しみません。指先、髪先、つま先の、端の端まで手入れがされています。

清潔な身なりをし、食事や運動、睡眠をきちんと取ります。自分にとって心地よいファッションをまといます。

物事を判断し、人生を楽しむための知識と教養を身につけます。自分を大切にすれば、人も大切にすることができます。

なぜ、美人は美しいのか。

なぜ世の中の大半は、美人に惹かれ、美人に好意的なのか。

美人を観察して、私はやっと、美人とは単に外見の美しさだけでできているものではないことに気づくことができました。

美人とは、自分も周りの人も大切にして、人を幸せにできる人だったのです。

美人とは
自分も周りの人も
大切にして
人を幸せに
できる人だった

5 ブス、家路につく

こんなダサいブスにおしゃれだと言われても

オフ会も終わり、駅まで美人と一緒に歩いていたときのことです。

今日1日、話を振ってもらってばかりだった私は、思い切って美人に自分から話しかけてみることにしました。

「あの、おしゃれですね」

「ありがとうございます。今日はフジコさんに会うから可愛くしてきたんです！　褒めてもらえて、嬉しいです！」

こんなダサいブスにおしゃれだと言われても嬉しくないかもしれない。あんなに優しくしてもらいながら、まだ、いまひとつ人を信じきれない私の懐疑を吹き飛ばすかのように、ニコニコと笑いながら美人は答えました。

見下していたのはどっち？

この人は私と会うために身なりを整えてくれたのだと知り、人と会うのに一切身なりに気を使ってこなかった自分が恥ずかしくなりました。そして「美人は人を見下していそうで嫌」と思っていたことを、心の底から反省しました。人を見かけで判断し、人の努力を陰で嗤（わら）って、見下していたのは私のほうだったのです。

駅の改札で別れ際、美人は「今日はフジコさんと会えて嬉しかった。ありがとう！」と言って手を振りながら去っていきました。

「人と会うのは楽しいことだったんだ。楽しむために人と会うんだ」

駅から家までの道のり、私もなんとなく、背筋を伸ばして歩いてみました。

5th Stage

ブスにはブスのワケがあったんだ

1 ブス、寝返る

ニンゲン、コワクナイ、ビジン、ヤサシイ、スキ

あれだけ美人を憎んでいたのに、オフ会で美人たちと楽しい時間を過ごしてからというもの、私の心はすっかり美人たちのことでいっぱいでした。

話した内容を思い出し、交換したアニメグッズやイラストを眺めては、仕事中もひとりニヤニヤする毎日。

猟師の罠にかかって苦しんでいたところを、心優しい人間の娘に救われ恋に落ちた、バイオゴリラを想像してみてください。

ニンゲン、コワクナイ、ビジン、ヤサシイ、スキ。

大体、そんな感じです。


「わあ、なんてチョロイ女だ！　すごい手のひら返しだ！」

ここまでお読みになってくださった方は、きっとそう思われることでしょう。

私も我が事ながら、なんと見事な寝返りだと思います。

また、あの素敵で楽しい美人たちと会いたい。

できれば、もっと仲良くなって、今度は自分からも話ができるようになりたい。

アニメのことも話したいし、アニメ以外のことでも、話したいことや聞きたいことがいっぱいある。

友達のつくり方がわからない

次は敬語じゃなくて、もっと友達みたいに話してみたい。

友達！　友達欲しい！　バイオゴリラ、ヤサシイ、ビジン、

トモダチ、ナリタイ!!

美人たちと友達になれたらすごく嬉しいんだけど！　でも、友達ってどうやってなったらいいかわからない！

「私とお友達になってください！」って言うの？

いやいや、さすがにそれはない。それで「もう私たちお友達だよ！」とか「オッケー！よろしくねっ！」なんて返ってくるわけないでしょ？

日曜朝の女児向けアニメの世界かよ。

なんか、こう、もっと大人の女っぽくスマートでスタイリッシュな感じで仲良くなれないかな。

経験値がまったくないのにやり方にこだわってる場合じゃないのはわかるけど……学生時代でも友達づくりなんて真剣に考えたことなくて、気がついたらいつもボッチだったし。

そもそも、今までずっとひとりが一番快適で楽しい人間だったのに、急に友達が欲しくなるなんておかしいかな……。

おかしいよね。おかしいか。おかしいです！

いいか、私元々おかしいとかちょっと変わってるって言われること多かったし。何言われたって今さらだし。

それに、きっとあのコミュニケーションスキルの塊みたいな美人たちなら、私のことおかしいって思ったって、意地悪したり笑ったりしないで、はじめから何もなかったみたいに優しく距離をとってくれるはず。多分！

でもやっぱり、いきなり「私とお友達になってください！」はハードルが高すぎる。どうしよう、ガチで友達のつくり方がわからないんだけど！

助けてグーグル先生！

その後、私は「友達　つくり方」や「友達　なりたい」で検索してみたり、人間関係についての本を読んだりしてみました。

振り返ると努力の方向性が斜め上に飛んでいたと思いますが、なんとか美人たちと友達になりたいと必死だったのです。

2 ブス、気づく

返信ひとつに時間がかかる

「フジコさん、金曜って仕事って何時に終わります？　この間はお茶だったし、お酒好きなら仕事帰りに飲みに行きませんか。また会いましょう」

美人からこんな連絡をもらったのは、オフ会から1週間ほど経ってからのことでした。

ウエエエエイイイイ!!　やったあああああ！！！　大・勝・利！！！

向こうから、美人から会いたいって言ってもらえた！

あんなに挙動不審だったのに、私、また会いたいって言ってもらえた！　嬉しい、嬉しい‼　**人から連絡をもらってガッツポーズを決めたのは後にも先にもこのときがはじめてでした。**

ここでどのくらい美人との距離を詰めていいものか……長い間まともに人付き合いをしてこなかったので、返信ひとつにもとても時間がかかります。

返事は決まっているのに、最後につける絵文字で半日悩み、硬すぎず馴れ馴れしくない言い回しで、食いつきすぎた文面にならないように、気をつけて、せっかく美人から誘ってくれたんだから。

連絡したい、したいって思っていたら、向こうから連絡くれるなんて本当にラッキーだなぁ。自分から連絡とかなかなかなか……。

自分から縁を切っていた

……待って。私ったら美人と友達になりたいって思っていただけで、実際は何ひとつ自分から外に向けて行動してなくない？

今回だって、向こうが声をかけてくれたから良かったけど、かけてもらえなかったら、せっかく一度は縁ができたのに、また会いたいなって思うだけで終わっていたんじゃない？

だって、最初のオフ会だって向こうから声をかけてもらわなかったら、絶対に参加していなかった。

あんなに楽しい時間だったのに。

もしかして私は、今まで自分に自信がないからと引きこもって、今まで何度もあった楽しいチャンスを見逃してきたのかもしれない。

きっと気がつかなかっただけで、今までにも、こんなに良くしてくれる人や、楽しい環境は手の届くところにあったのに、どうせ私はダメだからと思い込んで、自分から縁を切りにいっていたんだ。

ブスだから損をしていたんじゃなくて、ブスを言い訳に何もしなかったから損をしていたのだと、私はやっと思い至りました。

3 ブス、鏡を見る

なんて醜い姿なんだ

二度目も美人と楽しい時間を過ごし、帰宅後、私は久しぶりに自分の姿をゆっくりと鏡で見てみました。

ブスです。

人の悪口を楽しみ、言い訳ばかりでいじけて、ひねくれた、何の努力もしていないブスがいました。

何か月も切っていないボサボサに痛んだ髪、吹き出物と乾燥で荒れ放題の肌、むくんでクマのひどい顔、シワだらけで毛玉の浮いた服、暴飲暴食で突き出たお腹に、タプタプの二重アゴ。

だらしなく、荒んだ生活が一目でわかる見た目でした。

なんて醜い姿だろう。

同じ人間なのに、美人とはあまりにかけ離れている。

一度目に美人と会ったとき、彼女は私に会うためにおしゃれをしてきてくれたと言いました。

ずっと見て見ぬふりをしてきたこと

今晩だってそうでした。

素敵にセットされた巻き髪と、明るいメイク。

きっと仕事帰りにメイクを直して、髪もどこかで巻きなおしてくれたのかもしれません。

それに引きかえて、私は？

眉毛も整えていないボロボロの顔で、毛玉のついた服を着て、汚いスニーカーと底の擦り切れたトートバッグで。

こんな格好で、自分に会ってくれる相手を気遣っているなんて言える？

美人は私の格好なんて気にせずに仲良くしてくれたけど、私は本当にそれでいいの？

ずっと見て見ぬふりをしてきました。


ブスにはブスのワケがありました。


私は、あの美人と友達になりたい。

あの美人みたいな素敵な優しい人間になりたい！

久しぶりに自分の姿を
ゆっくり鏡で見てみました

ブスです

ひねくれて、何の努力も
していない
ブスがいました

6th Stage

内面から起きはじめた変化

1 ブス、美人になりたい

パクリ！　トレースだ！

私も、オフ会で出会った美人のような「自分も周りの人も大切にして、人を幸せにできる美人」になりたい。

どうしたらエリートブスの私がそんな美人に近づけるだろう？

ブスは考えて答えを出しました。

パクリです。トレースです。

美人の真似をすれば、美人に近づけるはず！

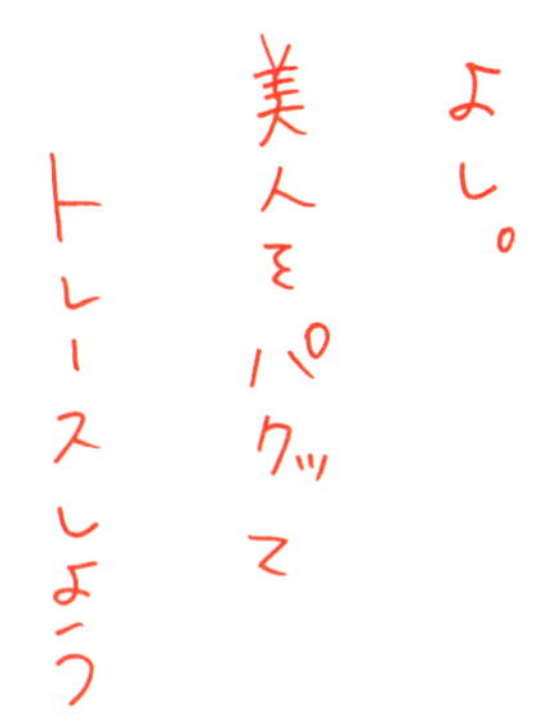
よし。
美人をパクッて
トレースしよう

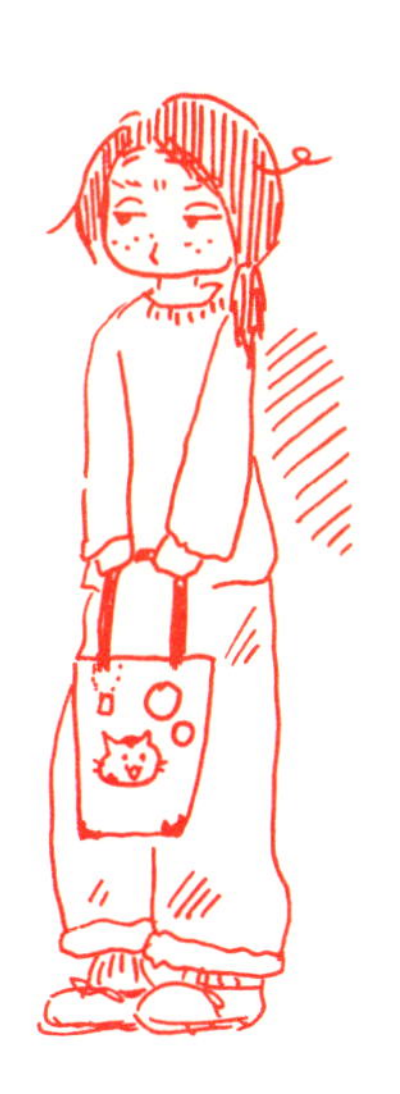

いきなり完璧な美人にならなくてもいい。

少しずつ「美人っぽさ」を身につけていけば、ゆくゆくは「限りなく美人に近い元ブス」になれるはず！


今までブスの限りを尽くしてきた私が、美人のすべてを真似しようとすれば1日も持たずに息切れするのは目に見えています。


元々のだらしなさと怠け癖、飽きっぽさは、誰より自分がよくわかっていました。

なので、まずはできるところから。

先に挙げたいくつかの美人の共通点のうち、「お礼を言う」「人を褒める」「自分に手間をかける」の3点から真似してみることにしました。

しんどいの極み

なぜこの3点を選んだのかは、理由があります。

まず「お礼を言う」「人を褒める」。

このふたつは、頑張ってみようと思えば今すぐにでもはじめられるうえ、はじめるのにお金が一切かからないのです。

さらに、内に閉じこもりがちで、人と話すことが苦手な私にとって、良い会話の練習と、話題の取り掛かりになると思いました。

そして「自分に手間をかける」。

これは、私が今まで一番自分に自信のなかった、そして、このままではいけないと感じていた部分です。

こうして、ポイントを3つに絞り、内側から外側から、今まで目を背け続けてきた、自分の中のブスと向き合う日々がはじまりました。

………先に申し上げます。

めちゃくちゃ！　辛かった！　です！

もう、本当、マジしんどい！

3点だけ真似します、なんて、言葉にしてしまえばとてもシンプルです。ですが、これは、打たれ弱い引きこもりで豆腐程度の強度しかないメンタルの人間が、毎日毎日、自分の一番見たくない部分、醜い部分、ずっと気がつかないようにしてきたドロドロの部分を探して、修正していく作業です。

美人に近づきたいと思えば思うほど、自分のブスが見えてきます。

アーッ、しんどいの極み！　アーッ！

途中で何度も心が折れそうになりました。

何もかも面倒臭くなって、もう、無理して美人に近づこうとするのはやめようと何度も思いました。

今、こうして文章に起こしていても辛みに仰け反りかえってしまいそうです。

頑張りました！　ブス、よく頑張りました！

自分で自分を褒めて落ち着いたところで、ブスが美人に憧れて、具体的には何をしたのか、お話ししたいと思います。

2 ブス、お礼を言う

こんな人間に何かしたいとは思わない

常日頃から、感謝の言葉を口にする。単純でいて、なかなか難しいことです。

しかも、「美人のありがとう」は口先だけのありがとうじゃありません。

「ありがとう」のひと言で、「あなたが私のために、これだけのことをしてくれて、とても嬉しい！」というのが伝わってくる不思議な「ありがとう」です。

たとえば職場で作成した書類を渡してもらうとき、ブスの私はどうやって受け取っていたか、ご紹介します。

「あっ、はーい、あざまーす。そこ置いといてくださーい」

手はキーボードに置いたまま、パソコンのモニターから目を離さずに、これです。

「忙しくてもちゃんとお礼言ってんだからいいじゃん。別に。何も言わない人よりマシじゃね？」

そんな考えが明け透けて見える適当なありがとうです。

言われたほうは嫌な気分にこそならないかもしれませんが、次ももう一度、私のために書類をつくってあげたいと思うでしょうか？

もう出し惜しみしない

まず、私はここから改めることにしました。

書類を持ってきてもらったら、席から立ちます。必ず両手で受け取り、相手の目を見て「ありがとうございます」と言います。

どんなに仕事が忙しくたって10秒もかかりません。余裕があれば「助かりました」「お忙しいところすみません」などの一言を添えます。

職場で「ありがとう」を伝えるなら、「あざまーす」より、こうしたほうがお互いにずっと気分よく働けるはずです。


他にも、今まで「すみません」と言っていたところを、意識して「ありがとうございます」と言いかえるようにしました。

これが、意外と多いんです。

エレベーターでボタンを押してもらったとき、コピー機の紙を補充してもらったとき、などなど。「すみません」と言うより、「ありがとうございます」と言ったほうが、自分の気分もちょっと明るくなります。


そして、「ありがとう」は出し惜しみしないことです。

感謝の言葉は、何度口にしてもなくなることはありません。

言って嬉しいことはあっても、損することなんてひとつもないのです。

職場で顔の知っている人に「ありがとう」を言えるようになってきた私は、次は顔の知らない人、たとえばお店の店員さんにも積極的に「ありがとう」と伝えるようにしました。

これも、美人の真似です。

たとえば、私は服を見にお店に入ったときに話しかけられると「買わなきゃいけないかな……」と、怖くなってしまっていました。

ですが、何か話しかけられたとき、先に「ありがとうございます。少し見せてください」と伝えておけば、必要以上に話しかけられることもないし、反対にこちらから何か聞きたいことがあったとき、とても声をかけやすいのです。

ちょっとしたことですが、私はこれで服屋さんに入るのも、店員さんに話しかけられるのも、まったく怖くなくなりました。

お礼を言う
ありがとうございます。
目を見て
両手で受け取る
「できるだけ」の笑顔で
座っていたら立って

3 ブス、人を褒める

「いいな」と思うことはどんどん口にする

人を褒める。

これまで人様どころか、自分自身すら褒めたことのない私には大仕事です。

なにせ、どうやったらいいのか勝手がまったくわかりません。

なので、これも自分が美人に褒めてもらったときのことを、そのまま真似することにしました。

「フジコさんが手首にしているシュシュいいね。えっ、百均？　すごい、買い物上手！

全然安く見えない。可愛い！」

美人はこうやって私の百均のシュシュさえ褒めてくれました（その後、私は調子に乗って色違いのシュシュも買いました）。

美人は持ち物ひとつを通して、持ち主のセンスまで褒めるのです。

私もとにかく、目についた個人の持ち物で「いいな」と思うものはどんどん口にしていくことにしました。

たとえば女性の上司がいつも使っている、マグカップ。アイボリーのカップに、猫のワンポイントのイラストがとても可愛いです。

それまで業務以外の雑談は、ほとんどしたことがありませんでしたが、思い切って「いつも使っているそのマグカップ、可愛いですね」と声をかけてみました。

少し前の自分では想像できなかったこと

すると、上司は猫が好きなこと、マグカップは就職で地元を離れる際、友人が贈ってくれたもので、新人時代からずっと大事に使っているのだという話をニコニコしながらしてくれました。

実は私も大の猫好きで、実家では猫を3匹飼っています。

それから、上司とは猫の話をたくさんするようになりました。

マグカップが可愛いと声をかけなければ、私は1年以上上司の隣に座りながら上司が猫好きだと知ることもなかったのです。

他にも、同僚が着ている服。

彼女は、いつも珍しくておしゃれなデザインの服を着ている子でした。

袖のフリルがとても可愛いワンピースを着ていたので「いつもおしゃれですけど、今日のワンピースの袖のところ可愛いですね」と、声をかけると、趣味が洋裁でワンピースは自分で型紙からおこして縫った手作りだとのこと。

同僚も、上司と同じく楽しそうに趣味の話を聞かせてくれました。

仕事に就いてから、上司や同僚とこんなふうに雑談できる日がくるなんて、少し前の自分では想像もできなかったことです。

人を褒める
どうしよう…
何を話そう…
?
会話が
広がります!
ありがとう!
これね実は…
かわいい
カチューシャですね

私はずっと、話が下手でおもしろい話題も知識もない自分なんかが話しかけたら、途中で何を話したら良いのかわからなくなってしまって、みんなを困らせてしまうんじゃないかと思っていました。

そんなこと、ありませんでした。会話は自分ひとりが頑張ってするものではなくて、自分と相手がいてはじめて成立するもの。

自分にできる話がなければ、相手と一緒に話題をつくるところからはじめれば良かったんです。

褒めることは、ポジティブで楽しい会話の第一歩でした。

4 ブス、自分に手間をかける

知識のある人に教えを乞う

服に気を使うのもお化粧もダイエットも、ブスの自分がしたってどうせ意味がないとずっと避け続けていました。

本当はまったく興味がなかったわけではありません。「無理をしているブス」と思われないかと恥ずかしくて、手が出ないでいたのです。

だけど、一度美人に近づきたいと思ってからは、同じブスなら「何もせずに怠けているブス」よりは「無理をしているブス」のほうが良いんじゃない？　と考えるようになったのです。

いきなり何万円もする服は怖くて買えないけど、美人を真似して、今までダラダラと使っていたお金と時間を、少し自分にかけてみようと思いました。

まずはずっと手入れをしていなかったボサボサの髪の毛。

自分で切るのをやめて、そう、恐ろしいことに私は美容室に行くのが怖くて自分の髪を自分で切っていたのです……。

美容室にカットとカラーをネット予約しました。

いざ当日、どんな髪型にするかまったく考えていなかったため、ヘアカタログを見せてもらっても、アッシュ系カラーだとかミディアムボブだとか専門用語がまったくわかりません。

しばらく悩んだ後、担当についてくれた美容師さんに、

「恥ずかしいけど、今まで全くたく自分に手をかけてこなかったから何もわからないんです。このボサボサの髪をなんとかコギレイにしたいから助けてください。できたら小顔に見えるほうがいいです！　全部任せます！」

と正直に伝えると、仕事で明るい髪色は大丈夫かとか、前髪は切ってもいいかなど聞いた後、何個かスタイルを提案してくれました。

わからないことは見栄を張らずにわからないと言えば、誰かが助けてくれる。

自分はわからない人間なのだということを理解して、知識のある人に素直に教えを乞う。

これも美人から教わったことです。

彼女たちはとっても偉かった

痛んだ髪を肩の上までバッサリ切って髪色を明るくすると、小顔にはならなかったけれど気分も明るくなりました。

化粧品もネットで初心者向けの簡単なメイク方法を調べて、仕事帰りにドラッグストアでファンデーション、眉ペン、アイシャドウ、リップグロスと最低限のものを一通り買ってみました。

化粧品を持っていなかったわけではなかったのだけど、就活のときに使ったきりで、もう何年も洗面台の下で埃をかぶっていたので……。

新しい化粧品のパッケージを開ける瞬間は、なんだかワクワクしました。

あんなに化粧をバカにしていたのに、自分の中にはまだ「綺麗になりたい」という気持ちがちゃんと残っていました。

最後に、古い服を新調しました。

まず、手持ちの服を並べてみると、みんなどことなく安っぽくて、総じて地味です。実際安物しか買っていないのだから当たり前なのですが……そして、どれもこれも型崩れしていたり毛玉が浮いていたり、ひどいのは裾が破けていたりしています。

私は今までこんなボロ布をまとって、平気で外を歩いていたのかと愕然としました。

こうして、毎日化粧をして着るものを考えて、それなりに身なりを整え、家で朝食をとろうとすると、早起きをしなければなりません。

自分に手間をかける
明日筋肉痛確定だ〜!!
フッフッ
ジムで筋トレ
ハーイ!
おまかせします!
髪を切る
服に気を使ってみる
ツケマツゲ…なんかちがう…
メイクにチャレンジしてみる

以前より毎朝1時間、早起きするようになりました。何年も遅寝遅起きの生活を続けていた怠け癖がひどい私には、これがとても辛かった！

自分に手をかけるのがこんなに大変なことだったなんて！

毎朝まだ寝たい気持ちを抑えて布団から出るたび、美人ははじめから美人なのではなく、日々の努力によってできているのだと思い知らされました。

美人を見るたび「美人がそんなに偉いのか？」と思っていたひねくれた過去の自分。

そうです、美人はとっても偉かったんです。

7th Stage

この瞬間、人生まで好転し出す

1

ブス、仕事が楽しくなる

話してみたいと思われていた？

「お礼を言う」「人を褒める」「自分に手間をかける」。

この3点を続けてみたら、だんだんと職場で話しかけられることが増えました。

部署の違う人まで廊下で会うと、

「調子どう？　月末忙しいけど頑張ろうね〜」

なんて声をかけてくれます。

昼休みはひとり自席で黙々とカップ麺をかっ込んで、昼寝、なんてこともなくなりました。

「今までお昼誘ったりしたら嫌かなって思ってたけど、フジコさんから挨拶とかしてくれるようになったし、あっ、話しかけても大丈夫なんだなって。前からちょっと話してみたいって思ってたんだよね」

職場の居心地が変わりはじめる

本当は羨ましく思っていたけれど、近づけずにいた同じフロアのキラキラ女子たちとも一緒にランチに出るようになり、後にこんなことを教えてもらいました。

今まで、よっぽど自分から話しかけにくい空気を出していたみたいです……。もうお手洗いで話しかけられても、下手な嘘をついて逃げたりすることもありません。

気軽に話せる人が増えて、仕事の連携も取りやすくなり、業務を進めるためだけの必要最低限の会話しかしてこなかった頃より、職場がずっと自分にとって働きやすい場所になり、仕事をするのも楽しくなりました。

チャンスを待っていいのは選ばれた美人だけ
自分が選ばれた美人だと思わないのなら、

とにかく、動け！　動け！　動け！

チャンスの神様に見落とされないように、
ピョンピョン跳んでアピールしよう
そうしたら、
選ばれた美人のところに行くのが好きなラッキー
チャンスの神様も、
ちょっとはこっちに興味持ってくれるんじゃないの
かな

2 ブス、痩せる

20キロ以上のダイエット

身なりに気をつけるようになり、安い適当な服を買うのではなく、ちょっと高くても「素敵」「可愛い」と思った欲しい服を買うようになりました。

素敵な可愛い服って、運動不足のプニプニダルンな体形より、筋肉のある健康的な体のほうがより綺麗に見えるんです。

せっかく頑張って買ったちょっとお高い服なんだから、どうせ着るならこの服が可愛く見える体形になりたいと運動をはじめるようになりました。

3万円のドレスが似合うようになりたいなら、3キロ分の脂肪を筋肉に変える!

そう思って運動を続け、ジムにも通うようになると、みるみる体脂肪が落ちて1年ほどで、当時60キロ以上あった体重も40キロ台になりました。

体重は落ちましたが運動で筋肉量はしっかりと増えたので、フットワークも軽くなり、テキパキ動けるように!

こんなところにも余裕が!

体が動くと、不思議と心も動きます。

ちょっとした悩み事や疲れは筋トレでスッキリ解消できるようになりました。

今では立派な筋肉信者です。

もちろん運動だけではなく、夜型の生活を改めバランスのいい食事を心がけるようになった影響も大きいと思います。

体重がおちて
『フリーサイズ』の
おようふくが
着られ
ました…！
こんな
かわいい服
はじめて
着られた!!

うれしい！
楽しい！
もっと運動しよう！
あっ、運動も楽しい！
もう全部たーのしーい!!

毎朝決まった時間に起きて、朝食をしっかりとり、余裕を持って出勤。

毎朝このリズムをつくると、その日１日の予定が詰まっていても余裕を持って取り組めるようになり、きちんと運動や睡眠の時間を確保できるようになりました。

3 ブス、元ブスになる

どんどん外出したくなる

美人の真似をはじめてから、前向きに自分に自信が持てるようになってきた私は、どんどん外へ出て行く機会が増えました。

知らない人と話すことにも不安がなくなり、もっと趣味を広げたいとの思いから、趣味で手作りしていたアクセサリーをハンドメイドのイベントで頒布してみることに。

それがとても楽しく、次第にアクセサリーや雑貨の販売を仕事にしたいという想いが強まり、折よく商店街の新規チャレンジショップ募集の知らせを見つけたので、思い切って応募すると、書類審査とプレゼンテーションに合格！

ショップのオーナー⁉

小さなお店ですが、念願のショップオーナーになることができました。

せっかく楽しくなってきた仕事を辞めるのは残念でしたが、退職の際、職場の方たちにもたくさん応援していただきました。

お店の開店時は、オフ会で知り合った美人たちが準備段階からたくさん助けてくれ、県をまたいで毎週末仕事の休みに内装工事の手伝いに来てくれたり、私が開店早々熱を出したときは手作りの柚子茶を持って顔を出してくれました。

あのとき、オフ会に参加したことで、私には一生の友達ができたのです。美人たちは、ますます綺麗に磨きがかかって、今も変わらず仲良くしてくれます。

いっしょに海外旅行したり

あとは、
生きるのがとっても
楽になりました!!

月に1回ランチ会したり

わーい!!

今は毎日とってもたのしいです!

8 th Stage

ブスと美人は誰の中にも存在する

1 ブス、幸せについて考える

その時々で状況は変わるけれど……

さて、最終章です。

ここまでお付き合いくださり、ありがとうございました。

ブスが美人に憧れて人生が変わった話、いかがでしたでしょうか？

「めっちゃわかる」「こういう話もあるんだなと思った」「全然受け入れられない」など、さまざまなご意見があることでしょう。

そのうえで、最後に、お伝えしたいことを、ここからはお話しします。

ここでひとつ質問があります。

幸せって、何ですかね。

おそらく、人の数だけ答えはあると思います。

また、同じ人でも、その時々の状況によって答えは変わるでしょう。

私は、幸せとは、「自分の中の欲しい何かが満たされた状態に感じるもの」だと思っています。

堅苦しい書き方ですが、他にしっくりと来る言葉が見つかりません。申し訳ないです。

ブスの私は、いつもどこか、何かが満たされない、何をしても物足りない気分を感じ、自分は恵まれない不幸な人間なんだと思い込んでいました。

満たされない気分をどうにかしてみようと、物理的な方法をとってみたこともあります。

たとえば、大好きなアニメを徹夜で観たり、お腹いっぱいケーキを食べたり、昼まで思いっきり眠ってみたり、予算を決めずに買い物に出かけたり。

どれも、一時的な満足感を得ることはできました。

ですが、すぐにまた、おかしな物足りなさを覚えてしまうのです。

どうしてそうなったのか。

それは、そのときの私が「自分が本当に欲しい物は何か」が、わかっていなかったからだと思います。

自分のことなのに、自分の欲しい物が何かがわからないなんて、おかしな話ですよね。

私は、それに気がつくまでずいぶん長い時間がかかってしまいました。

自分ひとりでは、気づけないことだったからです。

私が「自分が本当に欲しい物は何か」に気づいたのは、今は友人である美人たちと交流していく間でした。

私が本当に欲しかった物、それは、見た目の美しさではありません。

自信と友達です。

コンプレックスの塊で、身動きが取れなくなっていた私が一番欲しかったのは、胸を張って自分らしく生きていくために十分な、自信でした。

そして、そのコンプレックスを壊し、自信を得るための手段として、見た目の美しさが必要だったのです。

私にとって見た目の美しさは、欲しい物ではなく、欲しい物を手に入れるために、必要なアイテムでした。

本当に欲しいものって何だろう

ツイッターで、私をフォローしてくださっている方のツイートやプロフィールを拝見すると、たくさんの方が「綺麗になりたい」「痩せたい」「可愛くなりたい」と、おっしゃっています。なかには、それについてとても悩み、苦しんでいる方も。

この本を手に取ってくださった方の中にも、このような気持ちをお持ちの方がいらっしゃるかもしれません。

私は、そんな皆様に問いたいです。

あなた様が本当に欲しいのは、見た目の美しさですか？
それとも、本当に欲しい物を得るために、見た目の美しさが必要なのですか？

何を手に入れれば、自分が一番満たされることができるのか。

「自分が本当に欲しい物は何か」

それを知ることが、幸せへの一番の近道なのではないかと、私は思います。

この、『ブスが美人に憧れて人生が変わった話』の元となった、『ブスが美人に憧れた話』をツイッターに公開したとき、たくさんの感想をいただきました。

大半がとても嬉しいお言葉でしたが、なかには、そうではないものもありました。

「調子乗るな、ブス」

「勘違いじゃない？」

「お前なんか全然美人じゃないくせに」

「自意識が高いだけ」などなど。

私は、こういった言葉がいくらきても平気でした。

私のことを、私の努力を何ひとつ知らない人間に、何を言われても、自分でも驚くくらいなんとも思わないのです。

私は、知らない人からの攻撃的でネガティブな言葉より、自分がここまで積み重ねてきた頑張りと、こんな自分に頑張って変わってみようと思うきっかけを与えてくれた、友達の言葉を信じています。

自信は強さになりました。

2 まだまだ知らない可能性がある

その瞬間、視界が開けた！

私はブスでした。

そして、性格はもっとブスでした。

あの日、オフ会の誘いを断っていたら、美人と出会わずにいたら、私は今頃どんなふうに暮らしていたでしょう。

歴史に「もしも」はないと言いますが、私はこの本を書きながら、時折そんなことを考えていました。

あのまま変わらない自分でいても、私はそれなりに楽しい日々を送っていたかもしれません。

毎日、なんだかんだと世の中に対する不平や不満をもらしながらも仕事を続けて、それなりに働いて、月に1回、働いた分だけのお給料をもらって、お給料と休みは趣味に費やして……。

こうして言葉にしてみると、なんだか思ったより悪くないですね。

だけど、私は美人たちと出会い、自分の中に埋もれていた「本当に自分が欲しかった物」に気づくことができて、心の底から良かったと思っています。

「普通でいたい」から「変わりたい！」と、思ったあの瞬間。

私は、目の前が一気に開けたような、今まで経験したことのない、不思議な感動を覚えました。

今振り返れば、あれが、今まで知らなかった自分の中の可能性に触れるということだったのだと思います。

世の中には100%の美人も100%のブスもいない

パッとしない毎日を嘆いているあなた。
いまひとつ自分に自信を持てないあなた。
容姿にコンプレックスがあるあなた。
良くないと思いながら、つい人の悪口を言ってしまうあなた。
みんな、かつての私です。

この本の元になった、『ブスが美人に憧れた話』をツイッターに公開したとき、一番はじめにいただいたご質問に、「ブスから美人になって、どう思いましたか?」というものがありました。

今も私は、決して「美人」ではありません。
ですが、もう「ブス」ではありません。

「美人に憧れている元ブス」です。

綺麗になろうとすることは、お金も時間もかかり、努力のいることです。自分の中にいる嫌な自分とも、ずっと向き合っていかなければいけません。私も毎日、自分の中の嫌な自分と向き合って、ケンカばかりしています。疲れていたり、悲しいことがあると、すぐに心が曇って、面倒くさがりで文句ばかり言う、おブスな私が出てきます。

反対に、誰かに親切にしてもらったり、嬉しいことがあると、前向きで笑顔の、綺麗な私が出てきます。

いつもできるだけ、綺麗な私にばかり出てきてもらいたいのですが、なかなかそうもいかないのが難しいところです。

おそらく、この世には、100%の美人も、100%のブスもいません。

美人もブスも、誰の中にもいます。

そして、まだ知らない可能性も、誰の中にもたくさんあるのだと思います。

美人と出会う前の私に、この本の内容を話したら、

「はあ……そうですか……よくわからないですけど、頑張ってください。ああ、私はそういうの、いいです……大丈夫です……」

と、半笑いで言いながら、逃げてしまうことでしょう。

自分のことなので、よくわかります。

そのくらい、人って変わるんです。

自分の中には、他にも、まだまだ知らない可能性がたくさんあるんじゃないかと思うと、ちょっとワクワクしてしまいます。

これからも、素敵な出会いがあるように。

何度でも、あの不思議な感動が体験できるように。

そして、毎日が楽しく生きやすくなるように。

これからも元ブス、頑張ります！

おわりに

新しい物語はさらに続いていく

「私はブスでした。そして、性格はもっとブスでした」

こんな書き出しで、何気なくツイッターに投稿した数枚の落書きマンガに予想もしていなかったほどたくさんの反響をいただき、こうして本になるなんて……。

本当に、こうしてあとがきを書いている今もまだ、信じられない気持ちと、嬉しさで胸がいっぱいです。

正直に申し上げますと、この本の話を書いている最中も、私は少し迷っていました。

こんな自分のブスっぷりを、はたして世の中に披露してよいものなのかと……。

そんな私の背中を押してくれたのは、私に人生を見つめなおすきっかけを与えてくれた友人たち、いつもお世話をかけてばかりなのに、温かい言葉で励まし続けてくださった大和出版の岡田さん、そして、ツイッターで嬉しいお言葉や感想を寄せてくださった皆様でした。

この作品に関わってくださったすべての方々にお礼申し上げます。

本当にありがとうございます。

これからも、少しでも美人に近い元ブスになれるよう、努力したいと思います。

最後までお読みいただき、まことにありがとうございました！

「美人は性格が悪い」って本当⁉
ブスが美人に憧れて人生が変わった話。

2017年4月30日　初版発行
2018年9月2日　4刷発行

著　者……フジコ
発行者……大和謙二
発行所……株式会社大和出版
東京都文京区音羽1-26-11　〒112-0013
電話　営業部03-5978-8121／編集部03-5978-8131
http://www.daiwashuppan.com
印刷所……誠宏印刷株式会社
製本所……ナショナル製本協同組合
装幀者……krran（西垂水敦・坂川朱音）

ISBN978-4-8047-0534-7